渇水

河林 満

角川文庫
23095

目次

渇水

1

相棒の木田とともに、市内御影町の小出秀作の水道を停水執行していたとき、小出のふたりの娘たちは家にいた。というより、途中で帰ってきた。小学五年と三年の彼女たちは、家の裏の便所にちかいところにある、水道のメータボックスに屈み込んでいる岩切と木田の前に微笑みながらあらわれた。

「おじさんたち、何しているの？」

突然の声に、岩切はおどろいて顔をあげた。二人は、手になにかの実をもっていた。停水執行ということを、どう説明しようかと迷っていると、上の子が、

「もう、お水が止まってしまうの？」

といった。すこしも曇ったところのない素直な声だった。この子たちとは、何度も顔を合わせている。岩切は立ちあがって、

「それ、なんの実なの？」

ときいた。ふたりの掌(てのひら)にはうすあかい果汁がついていた。

「これ、蛇苺(へびいちご)の実よ」

そっと掌をひらいてみせたのは、下の娘だった。この辺りの雑草に、よく蛇苺がなっているのを岩切は子供のころから知っていた。九月のなかばになると、秋祭りの神輿(みこし)が、泥道に伸びた雑草を踏みしだいて、土手を駆けのぼり、川に入るのだ。木田が、判断をあおぐように自分をみつめている。額をぬぐうと、思ったより汗がふきだしている。

「ちょっと待ってもらえるかな。いま、水を溜(た)めさせるから」

岩切は木田にいった。木田は、わかりましたといって、メータボックスの脇の止水栓に近づいた。

三日前から、容赦のない炎暑の夏がつづいていた。解除される見通しのない、給水制限が都から出されていて、多摩(たま)地域にあるこのS市も、それに倣っていた。市内のプールは、どこも、開店休業を余儀なくされていた。泳ぎにいけない子供達が、冷房のきく公民館や図書館で、何人か集まっては、宿題をかたづけているというのを、岩切はよく耳にした。

川の風がふいてくる。草のにおい、焼けた石のにおいがまじった風だ。小出の家は、川の土手下にあった。セメント工場の隣だったので、風には石灰のにおいもまじっていた。土手にのぼると、遠くの国道の鉄橋や、オレンジ色の電車のわたる中央線の鉄橋もみることができた。そのむかし、戦争が終わった夏に、台風で大増水した川へ電車がおちてたくさんの死者がでたことがあったが、いまは水嵩も減って、ゆるい二筋の流れを蛇行させているだけだった。流れと流れのあいだにはびっしりと葦が群生し、こちらの、土手に近いところには、白く乾いた石が日に晒されていた。対岸は、隣の市だった。段丘になっていて、何ヶ所か、緑地のなかに住宅が密集するのが見えた。

開栓器とよばれる、身の丈ちかい長い鉄の棒で、木田は、地中に一メートルほど埋まっている止水栓を、体の重さをかたむけながらゆっくりと開けていった。彼の首筋に汗が光っている。いまさっき、同じような格好で、止めたばかりだったのだ。

「いいですよ」

開栓器をひきぬいて、木田がいった。まだ、量水器は取り外してなかった。

岩切は、恵子という上の娘に向きなおると、すこし表情をきびしくしていった。

「きょう、お母さんはかえってくるよね？」

「ええ。帰ってきます」

「もう、お母さんには何回もお知らせしてあるんだけど、どうしても今日お水を止めなくてはいけないの。それで、いまバケツとか洗面器とかボールとかに、水を溜めてください。それから止めますから」

恵子は、すこし困ったような顔をした。色がくろく、大きな目をしている。洗い込まれた半袖の白いブラウスを着て、黄色いスカートをはいている。妹は、久美子といった。ふたりは、おそろいの服装だった。

「こっちへきてください」

思案顔のあと、恵子はそういって岩切の前を歩き、玄関のほうへ誘った。岩切は、しかたなく、木田に待っていてくれるように頼むと、上の娘のあとについて玄関のなかにはいった。靴脱ぎ場の脇に、下駄箱があり、上に水槽がおいてあった。出目金が三匹、泳いでいる。

「いくら、たまっているんですか？」

恵子は、まるい卓袱台に蛇苺の実をおくと、こっちへふりむいた。大人びた顔をしていった。このとき久美子が、岩切の横をすりぬけて部屋に上がり、姉とおなじに手のなかの実を卓袱台においた。岩切は、水槽のなかの出目金が、ゆっくりと向きをかえて、こちらに口先をつきだしてくるのをみながら、

「あのね、恵子ちゃんが、心配しなくてもいいことなんだよ」

いいながら、矛盾した思いにとらわれてもいた。

「でも、わたし計算できます、ちょっと、待っててください」

奥の部屋へ、恵子は入っていった。久美子は、蛇苺の実を茶碗にいれてかたづけてしまうと、テレビの上から持ち出したおはじきで遊びはじめた。

子供が帰ってこなければよかったのだと、岩切はタイミングの悪さを思った。水道の量水器をいれてあるメータボックスに、小出秀作の妻、娘たちの母親の手紙は、今日は入れられてなかった。これまで、この家に何回停水の予告を出したことだろう。予告を出し、なんの音沙汰もなく、ついに停水執行にくるとボックスのなかに手紙がはいっているのだった。『すいどうやさんへ』と書いてある。『みずをとめないでください。かならずおしはらいします。みずをとめないでください。はずかしいことですが、うちはふつうのうちではないのです。』鉛筆書きの字体は、筆圧に差があって、切迫した感じと妙になげやりな感じが滲んでいた。それをみると、岩切は止めるわけにはいかなかった。いったい何がふつうではないというのか。岩切は、その手紙を見ると、逆に水を止めてくださいと言われている気になった。水を止めてください、そうすればわたしの家はふつうになるのです……手紙を見ると、自嘲的な気分になるのが自分でも不思議だった。

が、支払いはその後もなかった。岩切が訪れて顔をあわせても、はかばかしい答えは出なかった。しかも会えたのは一、二度にすぎない。支払えない状況を理解したうえで、分納の計画をたてさせ、それに印鑑を捺印した約束の書類を作るのが岩切の仕事だった。が、その書類すら、小出秀作については作ることができないでいた。

水道料の支払いには、口座振替、納入通知書による支払い、それと集金があった。集金制度は、もともと収納率がわるかったが、六年まえの料金改定からさらにひどくなって、一年前に廃止された。小出秀作は、ちょうどまる三年分滞納していた。集金扱いの分と、集金の廃止とともに自動的に移行した納入通知書扱いの分と。

久美子のおはじきの音が、家のなかにひびいている。いっぱいに開けはなった窓で、風鈴もなっている。窓は、高目にとりつけられていて、家のなかはすこし暗かった。物干しのビニール紐に干された、白い手ぬぐいのこちらがわに、陰りができてきた。

岩切は、家の脇の古い万年塀からつづくセメント工場を見やった。砂利を運ぶベルトコンベアーが、ゴンドラのように空中をわたる隙間から、池が光って見えた。水田に水をひいた、むかしからある池だ。が、セメント工場から流出した毒性の物質で、そこにいた魚が全滅したことがある。その時も夏で、日の光に輝く池の表に、魚の白い腹が浮き上がった。

「これで、計算します」

恵子は、電卓をもってあらわれた。ひどく不格好な、ゲタのように大きな計算機だった。両端をていねいにもって、お盆でお茶でも出すようにして、恵子は岩切の前においた。

「おじさん、いくらかいってみてください。計算しなければならないんでしょう？」

恵子の口調には、どこか、かいがいしささえあった。

岩切は、黒鞄のなかの滞納整理簿をぬきとると、小出秀作の滞納金額のいくつかをいってみた。彼女からとる気などある訳はなかった。金だってそれほど持ってもいなかったろう。ただ、数字をならべてあげたいと思ったにすぎない。恵子は、復唱しながら人差し指で几帳面にその数字のキーをおした。が、どうしたことか、数字はとどまらずに表示板から消えてしまう。

「電池がないのじゃないかな」

しばらくして、岩切はいった。

「これは、電池がいらないやつだって、おとうさんがいっていました」

怒ったように、下を向いたまま、恵子はいった。それでも、彼女はやめなかった。

すんなりした、かしこそうな指が、まっすぐに何回も数字を突っついている。

「恵子ちゃん」

ある瞬間、岩切はいった。

「きのう、おかあさんはかえってきたよね」

「はい」

「今日もかえってくるよね」

恵子は、すこしうつむいた。

「かえってくるよ」

そのとき、答えたのは、妹の久美子だった。おかっぱ頭で、姉とおなじように、よく日にやけて黒かった。さっき、自分の脇をとおりぬけたとき、川の匂いがしたのを岩切は思い出した。


水を、止める。そのために、岩切は、風呂(ふろ)場の水、台所のボール、洗面器と、思いつくかぎりの器に水を溜めさせた。「これにもいれておいて」と久美子がいったのは、出目金の泳ぐ水槽だった。古い水を半分すて、新しい水をいれた。出目金は、新しい水をよけて水槽の隅にいちど行き、そこから浮上して水面に口先を出した。

次の停水世帯への移動を考えれば、なるべくはやく処理したほうがいい。が、こうしているうちにも母親が戻ってこないかという期待があった。彼女が働きにでていて、帰宅がしばしば夜更けになるということは、娘たちから聞いていた。なんということもなく、近所からも耳にしていた。父親が、もう何ヶ月も家にかえっていないことも、聞き及んでいた。が、ひょっとして母親がかえってくるのに出会う。その瞬間をどこかで期待していた。岩切は、母親宛に、かならず連絡してくれるように書いた文面をもって、この家に再三おとずれた。それでも依然として連絡はなく、やむをえず停水執行にくると、あの手紙がボックスに入っていたのだ。いちどは『すいどうやさんへ』とだけ、ノートの切れ端にかいただけの手紙があった。他にはなにも書かれていない。切れ端は、幅のひろい罫線が印刷してあって、子供の学習ノートだと知れた。水道の職員と、むかいあっての話し合いに困難があるというなら、その手紙にどうしてこまかな内容を書いてもらえないのか。このままでは、対処のしようがない。停水を執行する理由だけが進行する……岩切は、そんなことを手紙の返事に書いてやりたかった。が、それは憚られた。仕事に関することだからかまわない、といえばかまわないのであったろう。が、書きつづけていくうちに、なにか『余計』なことに逸脱していく気がした。『余計』を察知した母親は、強硬な市民となってわめきたてるかもしれない。水道料金になんの関係があるのか、えらそうな説教はやめてくれ。だいたい市役所は生意気だ、市民を馬鹿にしている。そういってくるか。それとも、そのとおりです、といってうなずくだろうか。『余計』なこと。それは親身になっていくことか。それとも、ひょっとしたら、自分の思想をかたってしまうことか。いや、思想なんてたいしたものでなく、ようするにおしつけがましい説教だ。止めること、止められることへの、うんざりするような思い入れ。規則どおりだけで終始できない弱い心。返事を、書く。それに、彼女はどう答えるだろう。そして、じつはおれの家も、ふつうじゃないんだ、と書いたならば。

水道管をつたわる水の音が、とだえた。玄関の岩切の耳にも、外にいる木田の耳にもそれは届いていたはずだ。

「これで、もう、お水を溜めておく入れ物はないね？」

と、台所から出てきた恵子に岩切はいった。

恵子はだまってうなずいた。

「おかあさんがかえってきたら、すぐ連絡をくれるようにいってちょうだいね」

「はい。わかりました」

こんどは、顔をあげて恵子はいった。

かえってくるよね、おかあさんは……神経質にまたいいかけたが言葉にはせず、玄関から裏へまわると、岩切は、

「よし、もういちど止めてください」

と、木田にいって、川の方へ目をやった。あの川に、神輿が入る。大勢の見物客が土手の上にならんで、喝采をおくる。いまその土手を、自転車の籠に、スーパーマーケットの白い袋を入れた中年の女が、ちらちらとこっちを見ながらうさんくさそうに降りていく。

小出秀作はどんな男か、と岩切はその辺りを集金していた者にきいたことがあった。いや、とても人当たりのいい人ですよ。金払いはともかく、会った目には好人物です。そんな答えだった。が、何度たずねてもいっこうに、夫婦のどちらにもあえずにいたある日、雪がふった。雪の日ならあえるだろう。その勘があたった。最初で最後の出会いだったが。

玄関の前は雪でうまり、土手も真っ白だった。ふりつづいている雪が灰色に濁った川におちて、こころなしか水嵩がましたようにみえた。

小出秀作は、炬燵から、丹前を着て出てきた。障子戸と炬燵までの距離が、ひどく

せまかった。もう、これだけ水道料が滞納となっていて、停水しなければならない。岩切は、なかばまくしたてるように、状況を説明した。小出は、いま金がないといった。が、すぐさま取り消すように、ちょっと待ってくれ、といって奥へひっこんだ。ふたたび、あらわれると、いきなりしわくちゃの千円札を三枚だして、岩切の前に差し出した。滞納の額にはとうていおよばない。これではたりず、すぐあと入れてもらえないと、停水の対象であることはかわらない。そう、岩切はいった。そして最後に、止めることが目的ではもちろんありませんが、と付け加えた。

「お兄さんも、きついね」

ある瞬間、すさんで生気のない目でいった。低い声だった。岩切は、黙った。怖いわけではなかった。ちょっと黙っていてくれ。そう、彼の目はいっていた。なにかが溜まってきそうな沈黙だった。

ややあって、小出秀作は、

「寒いから、なかへはいんなよ」

といった。いや、ここで、といいかけたが、「失礼します」といって岩切はなかへ入り、後ろ手で玄関の戸を閉めた。炬燵の上に、酒の瓶があった。が、岩切の目をひいたのはそれではなかった。一メートルはありそうな模型の客船があったのだ。

「りっぱなお船ですね。本物みたいだ」

「むかしはよお、これでも船乗りやってたんだよ。タンカーだったけどな」

小出秀作は、炬燵に膝(ひざ)をいれ、岩切にもはいるよう指でてまねいた。それから、いざるように岩切が炬燵にちかづくのを、じっとみていた。

「これ、プラモデルでしょう。よくできてますね」

満更、お世辞でもなかった。

「いまから、十年以上前には、二等航海士をやって、あちこちまわってたんだぜ。それが、たまたま病気をもらってよお。いちど陸にあがるはめになってよお。なんとかなおしたものの、こんどは船にのりはぐれてなあ。ついてねえんだよ。いまはずっとこっちで仕事してきてるけどよお。パッとしなくてな。いまでも、もう一回乗ってみたいと思っているよ。だいたいこどもの頃から、船はすきだったからな。学校だって、水産学校でているしな、田舎だけれど」

促されもしない身の上話に、慣れているくちぶりだった。

「ご出身はどちらですか？」

「出身？　福島の海沿いだよ、おれも女房も。……女房は、真面目だけがとりえの女だがな」

福島の海ときくと、岩切はなつかしくなった。そこには母方の祖母が生きていた。産みの母親はもう三十年もまえに、岩切がずっと小さいときに死んでいて、その墓もあった。が、それ以上のこと、具体的な地名をたずねることはしなかった。きくのは面倒なことだし、知らされるのも迷惑なことだ。彼が、答える答えないはべつにしても。

「……ずいぶん、ながいこと、田舎にはいたなあ」

小出秀作は、溜息をつくと、そういった。話を水道料金にもどそう。岩切は思案して、窓のむこうにふる雪をみた。土手のうえでさっきより激しさをましている。雪というより、おびただしい蛾がふりつむようだ。

「こんな日は、水道管もたいへんだろ」

不意に彼がいった。岩切と同じに、外をみていた。

「雪がふるような日はかえってあたたかいんですよ。管が破裂するのは、雪が降りそうな日のあけがたにおおいですね」

「でもよ、この辺の水はうまいよな。おふくろもいつかいってたよ、ここへ越してきたときに飲んでよ、冷たくてうまかったって」

「そういわれますね、よく」

「川の水かい？」

小出秀作は、窓のむこうを指さした。

「いえ、地下水です、S市の場合は」

「地下水か……」

「そうです」

「どのくらい掘ってるんだ」

「百五十メートル下らしいです。なんでも、むかし一メートルたまるのに一万年かかったそうです。だからいまS市の市民がのんでいるのは」

「百五十万年前の水というわけか」

小出秀作は、感心したようにいった。それから、思いついた口調で、

「だったらよ、ほとんどただだろうよ、え、お兄さん？」

「……」

「もともと自前なんだろ、え？」

「まあ、水と空気と太陽はただにすべきだ、という学者もいるにはいたんですけどね」

「だろう。そうだよ、きまってるよ」

あんた百五十メートル自分で掘んなよ。自分で掘って、泥と水でぐしゃぐしゃにな

ったらどうなんだよ。岩切は、胸の内でつぶやいた。

小出秀作は、しばらく黙っていたが、ちいさな声で、

「ほら、その……よく芝居かなにかで、木の葉っぱを金にかえるのがあるだろう。おれもよお、来年の秋になったら山にいって、とびきりみごとな金色の葉っぱをもってくるからよお、それまで待ってなよ。え、お兄さん」

そういうと、妙に熱っぽい目で、岩切をみた。それからまた、あの荒んだ生気のない目に戻ると、

「どうせ止めるなら、東京中の水を止めちまいなよ」

「……」

「え？」

「また、お邪魔します」

話し過ぎた気がして、岩切はたちあがった。今日のところは、これでいい。玄関をあけ、外へでると、なぜか小出秀作もついてきた。

「すこし暗くなってきましたね」

岩切は、雪空をみあげ、それから腕時計に目をやるともう四時をまわっていた。

「町から遠いからな、この辺は。夜になると棺箱のなかみてえに真っ暗になる」

「……」

「水は百度で沸騰し、零度で凍結する。正直なもんだな、俺なんかちっとも沸騰しねえよ。わかしかたを、忘れちまったよ」

岩切は、自分のすこし横で、小出秀作がこっちを盗み見ているのを知っていた。

停水してから、木田に頼んで買ってきてもらったアイスキャンデーを、四人で食べた。食べ終わるまでに、母親が帰ってくると考えたわけではなかった。が、岩切は、娘たちといましばらく一緒にいたいと考えた。この家の父と母の不在が、夏の日射しのように眩(まぶ)しい。停水することで、自分がその不在に立ち会ってしまっているのに、岩切はそこを覆う影になろうとしていた。それはどこか自分の恥のようだった。

悪質、というか、役所泣かせの使用者はまだ他にもたくさんいた。いずれは、かれらも必要に応じて停水するだろう。また、しなければならない。が、いまここで、小出秀作の停水執行を、なにがなんでもしなければいけない、というのではないはずだ。条例によれば、「その理由の継続する間、給水を停止することができる」とあって、必ず停止しなくてはならない、というのではない。むろん、これは停水執行のうらづけだから、収納率、公平な受益者負担の立場から、行政側は積極的に応用していく。

が、小出秀作の停水執行を保留してもどったとしても、現場の担当者の判断として、それは、当局の信頼を左右するほどのものではなかったろう。

「学校のプールがつかえなくて、つまらないね」

木田が、恵子とはなしていた。

「でも、いつもプールいくより、この川であそんじゃうよ」

「川も水がすくないからなあ。なにして遊ぶの」

「魚釣り」

久美子がいった。

「魚、つれるの？」

木田が驚いていっている。が、魚はたしかにまだここでも釣れるのだ。岩切が、子供のころ、水量はもっと多かった。蛇籠とよばれる石の堤のしたが、ふかんどといってかなりの深さになっていた。そこに魚はたくさんかたまっていた。イモリとかうす気味のわるい生き物もいた。いまの、遠目には干潮の浜辺のようにみえるほどの、川の姿からは想像できない。

「でも、やっぱりプールへいきたいだろう」

「いきたいけど、遠いしなあ」

久美子がいった。たしかに、ここから学校は遠かった。

「うちのおとうさんねえ、船がすきなんです」

恵子が、急にいった。

「そうだね」

と岩切がうなずくと、すこしふしぎそうな顔をした。

「おとうさん、よくボートやりにいくよ。そしてかえりにおみやげをかってきてくれる」

久美子が、いった。

「川は海にいくから、川のそばがすきなんだって」

また、久美子がいった。

「そう、そうなの」

木田が、静かにうなずいている。岩切は、たちあがった。めずらしくひときれの雲が出て、ほんのすこし日をさえぎった。川からの風が、少女たちの髪をなびかせた。

岩切は、空を見上げた。あの高いところで、熱風と熱風が、透明な血みどろのたたかいをしている。

「連絡をくれるように、かならずいうんだよ」

別れ際、岩切は、車の窓からもういちどいったが、恵子はこたえなかった。ただ黙って笑ってみせた顔が泣き笑いにみえた。

2

その日は、始業時刻をまわらないうちから、営業課の三台の電話は、使用者からの問い合わせで塞(ふさ)がっていたのだった。冷房がまだきいてこない。あちこちで扇子をあおぐ姿が目についたが、収納係は対応に追われている。お宅様の使用者番号をおっしゃってください。それはいつ入金されたのですか。停水予告がそちらにいっているはずですがね。そんな文句が、はやくも暑くなり始めている空気のなかで、取り交わされていた。

岩切は、机の上で、釣り銭用の現金を千円札から五円玉までかぞえ、きっちり二万円あるのを確かめた。それを黒鞄に収める。領収書、領収印、滞納整理簿のうつし、停水したことを明示する貼紙、手帳がはいっていた。

「これ、調べてくれないかな。この人、なんか払っているらしいよ」

営業課長が、係長のところまでくると、メモをおいた。課長の席まで、電話がはいっているのだ。係長は、メモをうけとると、ことしの四月に入所した若い村田に指示した。

係は六人で構成している。そのうち、実際の停水執行にまわるのは三人で、あとは事務所で外からの問い合わせに対応した。隣の係にも停水にからむ電話は入って、停水日は一日じゅう険しさにみちた。係の机のうえには、銀行からの納入通知書の控えの束や、停水予定一覧表、滞納整理簿などが散らばっている。

「係長、このひと一昨日も電話してきて、直接くるといった人ですよ、たしか」

村田が、書類に目をとおしながら、ききとりにくい声でいった。

「そうか、わかった。とりあえず、リストから抜いておいてくれ」

いったあと、下の小森に伝えておくようにと、さらに指示した。

岩切はたちあがり、地下にある詰め所に向かった。

一班から三班までの編成で、このS市全体の停水を分担していた。水道料金が、半年分滞納になると、停水の対象になる。現場の者と事務所の者が一組になって、停水をおこなった。詰め所は、さまざまな水道工事をおこなう現場作業員の控室になっていて、岩切たちのロッカーもおかれていた。そこで、相棒の木田とおちあうことになっていた。

ドアをあけると、思いがけずに木田が出てくるところだった。

「おう、ちょうどよかった」

岩切がいうと、

「おはようございます。いま、車をまわしますから、上で待っていてください」

そのまま廊下を小走りにはしっていった。

岩切は、革靴からスニーカーにはきかえた。部屋を出ていきがてら、なかをふりかえると、先に下へ降りていた職員の小森たちが、ふざけていた。岩切は彼に係長の伝言をつたえた。なにかを占うつもりなのか、彼は他の者と住宅地図の上に鉛筆をたて、倒れる方向をみていた。方向は決まっている、と岩切は思い、地図は車に積んであるはずだと考えた。

詰め所から、中庭へ出て、公用車の駐車場のある裏庭へきたとき、指の切り傷の痛みがすこしもよくならないのに岩切は気づいた。けさ、朝食の仕度をしていて、人差し指の先をステンレスの包丁で切った。血が、みるまに膨れあがってきた。すぐ洗い流したが、あとから滲んできて、なかなかとまらない。しばらく口のなかに入れて、舌の裏で指のはらを舐めた。もう何年も、指に怪我をするなどということはなかった。岩切はそう思った。生温かい血が、脈搏にあわせておしだされてくる。痛さよりも、血を出したことが、奇妙に新鮮だったが、唾と一緒にはきだすと、意外なほどの血の量だった。

タオルできつく拭き、薬箱から、バンドエイドを取り出して貼った。八月の終わりに近いこの時期では、化膿するかもしれない。が、剝きだしのままでは、きょう一日落ち着いて仕事もできない。

今朝は、包丁をそれ以上つかうのを断念した。妻が風邪で寝込んだようなとき、ニラを卵でとじ、少しの鶏肉をおとした味噌汁を岩切はつくったものだ。妻は、しんそこ温まったという幸福感を漂わせた気配で、「おいしい」と喜んだ。が、その妻は、ちょっと用足しに行ってくると言って実家に帰ったまま、もう二週間も戻らない。来年は、小学校に上がる娘もいっしょだった。

うすいブルーの薬箱のなかには、バンドエイドのほかに何もはいっていなかった。しばらく傷のことを忘れて、岩切は、からっぽの薬箱を眺めていた。それから、娘が近所の子と病院遊びとかをやっていて、玩具をつかわずになぜかそっくり本物をつかっていたらしいことを思いだした。が、そのためにからっぽなのか。常備薬に、妻はわりとこだわっていて、富山の薬売りがこないかといっていたのに。

「お待たせしました」

同僚の木田が、車から降りてきていった。裏庭の前は新館の一Fで、課税課と保険課がある。白い半袖シャツ姿の職員が、立ち働いている。岩切は、空を見上げながら、

「今日も暑くなりそうだな」

といった。

木田は、開栓器を右手にもっていたが、岩切の指のバンドエイドに気付くと、

「切ったんですか」

と聞いてきた。

「ああ。へまやっちゃったよ」

「なんでまた」

「いや、めずらしく庖丁使ったんだよ」

「あ、これは痛そうだ。奥さん、留守しているんですか？」

木田は傷をのぞきこみ、また、岩切をみあげるようにした。どちらに返事をしてよいのか一瞬とまどって、女房は実家へかえっているという言葉を、岩切は喉の奥でのみこんだ。

「血がにじんでますねえ……」

と呟くと、

「それじゃあ、鞄を持ちにくいでしょう」

「しかたないさ」

木田は、開栓器を左手にもちかえ、それを杖のようにして身をあずけると、また岩切の指先に目をちかづけた。指を鉤型にすると、

「今日一日、この指は停水には気苦労はなさそうだ」

と、岩切はいった。木田は要領をえない顔付きのまま、

「包帯にかえたほうがいいんじゃないんですか。保健室へ行きましょうか」

「だいじょうぶだよ」

いいながら、岩切はなぜともなく、突然の新鮮さで包帯の白さを想いえがいた。

親指と中指で黒鞄の取っ手を摑み、試しに顔の高さまであげてみる。やはり、不安定ですぐ落としそうになる。これでは胸に抱きかかえるように持ったほうがよさそうだ。鞄を路におとして、釣り銭をなくしたことが、いままで何回もあった。

腕時計をみた。午前九時をまわっていた。この仕事をはじめてもう六年がたった。だいたいの所要時間は見当がつくが、しかし、終わってみないとわからないところがあった。今日の停水予定は、十三件だった。

車に乗り込むと、中はもう蒸し暑い。白いボディーがうっすらと埃を被っていて、

それが妙に暑さをそそった。給水制限がだされてから、洗車もひかえていた。頭から水をかぶりながら洗ったら、さぞ気持がいいだろう。もっとも、無頓着にする者もいたが。

岩切は窓をあけた。車は走りはじめていた。木田は車の運転がうまい。ほとんど衝撃もなく発進する。見あげると夏空が白熱した感じでひろがっている。夏の空はむかしはもっと高かったような気がするが、しかし、あの空からもう四十日も雨は降っていないのだ。が、こんなときでも、停水は執行しなければならなかった。

昨日の夜、ビールをのんだあと、岩切はテレビにタイマーをいれて寝た。いつもは、妻がテレビのスイッチをいれ、目覚ましがわりにした。それでも、妻はかならず枕元で、岩切をゆり起こした。背の高いわりにはふっくらとしたやわらかい妻の掌の感触は、はじめてさわったときから岩切が惚れていたものではなかったか。目覚めるまぎわのその感触を独り寝の床で岩切は期待していた。深酒をした翌朝など、自分がまるで盲人で、掌でしか妻を知らないもののような、不意の人なつかしさに陥ることもあった。が、このごろ、突然テレビが鳴り出しても、妻の気配は台所を離れなかった。

布団の上で、テレビが七時のニュースをながしていた。誰かが捕まったというニュースだった。珍しくもない話だが、停水の日の前後は、そんな事件を伝えるアナウンサーの声が、妙に息苦しく胸にはりついてくる。条件反射のように、この気持を避けることも慣れることもできない。岩切は寝床に腹這いになったまま、灰皿をひきよせ、煙草に火をつけると一息すった。灰皿は、誰かの結婚式の引き出物だったが、妻がかくしてしまっていたものだ。妻がいなくなると、止めていた煙草にまた、手をつけた。最初の一服は、頭をくらくらさせた。

川の土手下の、狭い借家に七年もいた。岩切だけ、いつもひとりで寝た。奥の六畳間は妻と娘が床をならべ、和洋箪笥を置いておくともうゆとりはない。箪笥を仰ぐ格好で三人が寝るか、岩切が妻の床にはいるかしかなかったが、独り寝のほうが体がらくなのは当然だったから、岩切はそうした。妻は、家をもちたがった。実家の援助もあるとまでいった。が、岩切はその気がなかった。本当は、子供もほしくはなかった。生まれてみれば、子供はかわいい。が、それでも、ほしくない気持に嘘はなかった。

妻の実家は、S市から電車で三十分ほどのところにあった。電話を、三日まえにも入れた。職場で市民からの、苦情電話がかかってくるのを厭う気持が顔をだして、自分からかけた電話なのに、胸騒ぎがするのが自分でも奇妙だった。いつかえってくるつもりだ、お店が忙しいのか？　いいながら、岩切は、大衆食堂をいとなむ妻の実家の、その商売を自分が話題にするのが、久し振りのことだと思っていた。わたしの家は、もう何十年も駅前で食堂をやっているの。結婚する前にそうきいたとき、ふつうの会社員の家だった自分にはない賑（にぎ）やかさを連想し、そしてそれは事実だった。もしかしたら、あの賑わいを、おれは好いたのではなかったか。なるべく早く帰ります、という妻の声は、いつもとかわらなかった。が、岩切が思い切って、さみしいからね、……といったとき、そういうことはもういわないでと、妻は強い口調でいった。電話を切ってから、洗濯好きな妻がひとことも自分の身の回りのことをいわなかったのに気づいた。

　独りぐらしは嫌いではなかった。岩切の親は同じ市内にいたが、母親は継母だった。始終いさかいをくりかえして、家を出たのが十七歳のときだ。昼間の高校を中退し、定時制に鞍替（くらが）えしながら、いろんな職種を転々とした。最初は米屋の店員だった。つぎは弁当屋にいって、沢庵（たくあん）のしっぽを切った。全日制高校の、理科の実験助手になったこともあった。あの日、自分も高校生のくせして、職員室で教頭から『職員』として居並ぶ先生がたに紹介されたときは、顔から火がでた。中学のときは、登校拒否生徒の不良だった。その彼にとって、学校が職場になることはおそろしく不可解なことだった。なぜあんなところにつとめたのか。いまもよくわからない。後年、歳をとれば、だれもがきがつく人生の常識みたいなものが、あの朝の光景にはひそんでいたはずなのだが。

汲み取り式便所の、いっとう安いアパートにひとりで住んでいたあいだも、途中二回ほどの転居でも、一ヶ所にずっとはいないという思いがあった。だから、住居表示もしなかった。いつか岩切あてに配達にきた郵便屋が、目の前の彼の部屋がわからずに右往左往したことがある。名前くらい出しておけと、かなりの剣幕で叱られた。岩切は苦笑した。たまたまそのとき、彼も郵便屋をしていたのだ。

市役所水道部の職員に採用され、三十歳になったとき、アルバイトにきていた妻としりあって結婚した。岩切は寝間着というものが嫌いだった。「あなたはほんとうにパジャマが嫌いなんだから」と妻はよくなげいた。彼女が枕元に用意していても、結婚以来、ただのいちども、岩切はパジャマを身につけたことがなかった。意地悪をしてでは、もちろんない。下着のまま床にはいったほうが、飛び起きて、すぐ着替えられる格好のほうが、気にいっていた。本当なら、服をきたまま寝たいくらいだ。が、それはおかしなことだったろうか。

テレビのニュースが、また別の犯罪の解決をつたえていた。自分の白いコートかなにかを、頭からすっぽりとかぶった男の姿が、大写しになった。被りものの下で、男は自分の息の臭いを、ひたすら嗅いでいるのではないか。あるいは自分の薄笑いにたえているのではないか。

　岩切は体を拭くために庭へでた。風呂場の前の、せまい洗い場で顔を洗い、シャツをぬぐ。この洗い場は、廃棄された資材で、水道部の仲間が数年前に設けてくれた。雨の日以外はまいにちここで顔を洗い、体をふく。庭の正面は土手になっていて、その向こうは川だ。土手をつたわって、夏の温度に熱せられながらも、川風がふいてきた。ここが気にいって、新婚生活をはじめた。同じ形の借家が、十棟、土手にそってならんでいた。家主はこの近くに広がる梨畑を所有する大地主だった。ここから、東に五百メートルほどいくと、セメント工場があった。

　岩切は庭にちいさな花壇をつくっていた。ブロックの囲いのなかに、向日葵が植わっている。手入れはほとんどしていないのに、種は毎年かってに地におち、大輪の花を日に傾けていた。囲いをはみだして、分厚い肉質の、緑の葉のうえに人の首のような花弁をつけているやつが、いちばん大きかった。タオルを肩にかけ、種をひとつつまむと、空になげた。隣家の際の、砂場におちた。砂は白く乾ききっていた。買って何年もたつ、玩具のシャベルの赤が、砂の上でひどく派手にみえた。

「料金をためて、水道まで止められてしまう人って、どんな人なの？」

こうしているとき、一度だけ、妻はきいてきたことがあった。あの日も停水の朝だった。自己紹介をせねばならないときにいつもきかれることを妻がいうのに岩切は少し腹をたてた。

「ごく、ふつうの人だよ」

岩切は、不機嫌を隠さなかった。

「でもやっぱりだらしがないんでしょう」

「はらうときは、全部はらう人もいるさ」

「ためると大きいわよね。ためたくても、たまらないものもあるけれど」

妻はそういいながら、洗濯機へ、ホースの水を注いだ。岩切は、大事なことをいいわすれた気がして、いつもより念入りに体を拭いた。

「水なんか、本当はただでいいんだ」

するりと、言葉がついて出た。

「ただで?」

妻の声は低かった。岩切の不機嫌さにおびえているようでもあった。

「水と空気と光はただでいいんだ」

岩切は背中をむけて、家の中へはいった。日向(ひなた)に慣れた眼に、家の中は暗かった。

誰でも、いうようなことをいうなと、岩切は呟いた。

「庭へ出て、体をふいたところまではよかったんだよな」

「そうですよ、味噌汁をつくろうなんて気をおこさなければよかったんですよ。パンでもかじっているか、なんならぼくの家にきてくれてもよかったんですよ。まあ、弟とふたりで殺風景なところだけど」

木田は、ときおり指先を気にする岩切に同情した。車は、駅前の繁華街をぬけて、飛行場のみえるところまできていた。S市は、全面積の五分の三をこの飛行場にとられている。戦後、駐留してきた米軍が、一年に一度、基地を開放した。岩切も子供のころ、輸送機のなかに入って遊んだ。基地から米軍は撤退して、いまはときどき自衛隊のヘリコプターが飛び上がる。S市から西にむかう線路に沿って、金網が張りめぐらされている。これだけは昔とかわらない。岩切は、中の飛行機をよく見にきた。継母と喧嘩（けんか）したようなとき、ここへ逃げて来て一日をつぶすこともあった。今日のような暑い日に、ろくに接ぎもあててもらえぬボロのランニングシャツ姿で見ていると、顔にも、胸の裸の部分にも金網の菱形（ひしがた）がはりついた。時々なんの脈絡もなく、あの形はちっともかわっていないと、岩切は思った。

「最初は旭町のシャクナゲ荘ですよね」

　木田がいった。

「そうだ、またあそこからだ」

「あそこも留守がおおいんですよね」

「居留守もおおいよ」

　信号でとまった。五本の交差点ほどさきまで、いっせいに信号の赤がともっている。すぼまっていく道路のむこうに、山並みがみえた。冬なら雪を被った富士山がのぞめる。信号が青にかわる。

　木田のきている、開襟シャツからかすかに糊のにおいがした。岩切は、白い支給品のワイシャツに紺のズボンだ。木田は、まいにち現場にでるのに、かならずクリーニング屋にだしたのを身につけた。岩切より、六歳下でことし三十歳だった。まだ独身で、結婚する気もない。そんなところが、岩切は気にいっていた。ここへきて、まだ二年だが、停水のコンビを組み、毎月ずっと一緒だった。彼が、土中に埋まる止水栓を止め、量水器をはずし、岩切はその理由を話し、説得をし、徴収する。十三件の停水。交差点を通過しながら、その日、小出秀作の家の停水を岩切は考えていた。停水の順序は、市役所を起点に、近いところから遠いところへといく。停水して、途中で使用者から連絡が入れば、遠方からの帰途、そこへ寄り滞納者を『入金』扱いにして開栓する。滞納者が銀行へふりこんだというのなら、その領収書の確認をする。そして開栓。小出秀作は入金しているだろうか。支払い用紙は、もう何回もいれてあったが。

六階だてのホテルがみえ、左折すると、目的の場所だった。一台通れるくらいの、細い路地をぬけていく。ホテルができてからこの付近は日影になった。旧いアパートや木造の建物が、日陰のなかに密集していた。

踏切をこえて路地を右折するところに、新藤医院という歯医者がある。そばの電柱に看板がかかっていたが、すこし傾いていた。ずいぶん前に、ここから五歳くらいの女の子が、口のまわりを血だらけにして出てきたのを岩切は、見た覚えがあった。その子はひとりで、泣きもせずに、血のついたハンカチを口にあてがって平然と歩いていった。このかどを通るたびその姿を思い出した。

Sの駅構内にむかう線路はこの踏切をこえたあたりで、急なカーブになる。踏切をすぎると、車掌が揺れに注意するようながすアナウンスをながした。が、それでもよろめく乗客はおおく、岩切も、いつか娘と二人でのっていたときもよろめいた。

路地は湿っていた。いつまでもしみこんでいかない、油のような湿り気だった。車が、やっとはいるシャクナゲ荘の横の空き地で、木田は駐車した。このアパートはもう三十年くらいの築造だ。いちど、ベージュ色に外壁が塗り替えられたが、それもいまはひび割れている。二階へあがる手摺も錆色に変色していた。車からおりると、湿気の多い、鬱陶しい空気が、首のあたりにまつわりついてくる気がした。木田は先におりて、ライトバンの後部をあけ、開栓器と、庭いじりにつかうようなシャベル、それとキャップをとりだした。それから木田は真っ白な軍手をはめた。下ろし立てだった。他の職員は、洗ってまた使うのに、彼は一回ごとに新品の軍手をはめて仕事した。岩切は黒鞄をさげて、彼の段取りが整うのを待っていた。

103号室。岩切はその前にたち、滞納整理簿をみた。イサワヨシコ。この家も、五回ほど訪問しているが、まだいちども料金を徴収できていない。岩切が行く前に、集金員がもう何度もきている。ここには三十五、六の女が住んでいるということだった。整理簿には、停水にいたる経過がしるされている。お客様番号、住所と氏名、年度や月分と未納金額、若干のメモ欄からの帳票になっている。これを見るとおおよその未納状況がわかった。このほかに、手帳を岩切は用意して、各世帯の印象や支払いへの姿勢などを自分にひきつけるように書き止めた。訪問日時、対話の内容、家庭の状況、その他もろもろのことだ。厭な気分をはねのけて、停水執行を自分自身に納得させるように、それをつくる。停水した使用者が、生き馬の目を抜く勢いで、訳のわからぬ抗弁や、いいがかりをつけてきたようなときには、その中身にそって言葉の武装をする……

シャクナゲ荘の通路は、裸電球がふたつ天井に点っていた。夏の午前の光は入り口からわずかに届くだけだった。突き当たりに、共同便所があった。アンモニアの匂いが、澱んだ空気をしのびぬけて、目にしみてくる。

「ここですね」

木田が、ドアの左をゆびさした。蓋の一部が欠けた量水器のボックスがあった。岩切はうなずき、ドアをノックした。

「だれだい？」

嗄れた声がした。

「水道です。S市水道部です」

岩切は、はっきりと発音した。聞こえたかどうかはわからない。聞こえたと判断した。が、それきりドアの奥から声はなかった。三十秒待った。一分待った。木田はその間、長い開栓器をもったまま、うす暗い廊下をいったり来たりしていた。向かいの部屋のドアにつくりつけられた郵便箱に、三日ぶんくらいの新聞のたばがたまっている。その隙間から、真新しい封書が、身をのりだして息をつくようにはさまれている。青森県の住所と、女の差出人の名前が判別できたが、濡れた足袋のように封書は分厚くふくらんでいた。

「おかしいな」

岩切は、ひとりごちた。

「止めますか？」

木田は、開栓器を脇にはさみ、軍手をきっちりはめなおした。うすぐらい暗さの中で軍手は生白かった。

「よし止めるか」

アパートの廊下の脇には、糠味噌をつけているらしいポリバケツや、古雑誌がうずたかく積まれていた。木田は、蓋の一部が欠けたボックスをのぞきこんだ。なかに紙屑や布団綿のようなものが、かなり積もっているのがみえる。中央に握り拳大の、人工心臓に似た量水器がすえられている。そこを連結する細い鉛管の表面に水滴がついて、天井の弱い照明にかすかにひかっていた。量水器をみると、計測のためというより、地下水を血液のように循環させるなまなましい臓器を岩切は連想した。

木田は軍手の腹で、水滴のついた管を丁寧に拭い、量水器の泥を持参したボロ布でふいた。そして、メータボックスから五十センチほどはなれた止水栓の蓋を開け、長い開栓器をさしこんだ。なかは円筒だから暗くみえない。はじめは、手探りで、聴診器で患者の内部の音をきくように止水栓を摑まえたあと、こんどは上からのしかかるようにして、体重を両腕にこめるとゆっくり右にまわした。水道管にたいして、プラスの形になるように、まわすのだ。これで締まる。水はでなくなる。最近は、丙止栓というのが量水器のそばについていて、ひねれば水は簡単にとまった。が、ここは旧い築造のために、それがないので、乙止めというこの止水栓をわざわざつかうのだった。丙止栓は、上からキャップという袋をかぶせるように取り付けると、もう素人の力ではあけることは出来なかった。このやりかたのほうがずっと簡単だった。

木田は、開栓器を注意ぶかくひきぬいた。どこか無骨な風情で開栓器はゆるゆるともちあがってきた。それから、手際よく量水器を外した。

そのとき、突然、ドアが開いた。

「あんたたち、なにしてるのさ」

岩切と木田はいっせいに顔をあげた。捩じ上げたといったほうがいいかもしれない。六十歳をすぎた感じの女が、こっちをみすえている。額の真ん中にほくろがあった。髪は白と黒の油でぬりかためたように、頭の骨の形にそってはりついている。裸の電球が女の背後に低く垂れ、そのために眼のくぼみが影になっている。

「S市水道部ですが」

岩切は、おちつきはらって答えた。

「かってになにしてるんだ」

「いえ、さきほど声をおかけしたのですが、ご返事がなかったものですから」

女は、暑苦しい長袖をきていた。部屋のうしろのテレビのうえに、大きな招き猫がのっかってこっちをみていた。

「だから、そこでなにしているのさ。え、あんたたち」

「水道料金未納のため、水をとめました。イサワヨシコさんの滞納金額はこうなっています」

滞納整理簿の写しを岩切は見せた。が、女はちらりともみない。

「このうちはね、あたしが大家から借りているんだよ。かってにいじらないでほしいね。かってにさわったら、あんたたち泥棒だよ」

短気な木田がとなりで、ムッとするのがわかった。

「それ、なんの真似なのよ」

水気にしめった量水器をゆびさした。木田の足元だった。

女の声は、静かな廊下に妙にひくくひびいた。不思議な説得力のある声だ。一瞬だけ、自分が不当な行為をしでかしている錯覚をおこす……

「催告書、警告書、さらにはその前の段階の払い込み用紙もはいっているはずです。払い込み用紙は私が直接お届けしましたから、ごぞんじでしょう」

女は、無言だった。しらをきっているのはわかった。しかし、しらをきっているのかどうかは、本人に聞かないと分からないのかも知れなかった。

「イサワヨシコさんですよね？」

「……」

なお無言だった。いつきても留守だったので、この女が当人かどうかわからない。委託集金員が最初はきていたが、いなかったり、都合が悪いといわれたりして次第にたまってくる。

「お支払いいただけますか？」

「水をとめられるおぼえはないよ」

「お宅さまはもう、一年以上もたまっているんですよ」

「はやく、もとどおりにしておきなよ。邪魔になるだろう。ああ、いろいろずらしてしまってさ」

木田と岩切は、顔をみあわせた。

「この古新聞とかはすぐかたづけますよ。でもね、奥さん、メータボックスの上は物をおいてはいけないことになっているのですよ」

木田がわざと丁寧にいっているのが分かった。

「うるさいね。大家を呼ぶよ。ここの大家は警察にもヤクザにも顔がきくんだからね。呼んでほしいのかい」

木田と岩切はまた、顔をみあわせた。

「お宅さまはイサワヨシコさんですよね」

「そうだよ、ここはヨシコの家さ」

露骨にそういって、その年のいった女は、顔をそむけた。慢性の馴染み深い疼痛かなにかのように、重苦しい厭な気分が、このとき胃の下あたりからおこってくる。

「帰れよ！」

その時、奥から、別の若い女の声がした。岩切は耳をすました。目の前の年のいった女は、黙ったまま顔色ひとつかえない。

「帰れっていっているんだよ！」

喘ぐような声だった。玄関からあがった、四畳半の隣からそれはきこえてきた。

「おたくさまが、イサワさんですか？」

　もういちど聞いた。

「あの子だよ」

　やはり顔つきをかえない。

「帰れよ！」

「………」

「帰れよ！」

「………」

　宥めかかりたくなるほどの、極端な吐露が女の声にはあった。怒鳴ることはない、ちゃんと話をすればよいではないか。払えなければ払えないといってくれればよいではないか。

「帰れよ！」

　女は苛立っている。山でも動かそうとするような、奇妙な迫力がある。

「帰れっていっているだろう！」

　岩切は、踵を返した。停水を執行した、そしてそれを解除する理由のない以上、この場にいることもない。が、アパートを出るとき、つかのまおとずれかけた安堵とは裏腹な、どす黒い感情がふつふつと湧いてきた。料金の徴収もできず、ふつうの話し合いもできず、厭なものだけをやりとりしてしまった。よくないタイプの執行だ。むしろ使用者に会わないで、黙って停水してきたほうが楽だ……。だが、この後味の悪さは本当は、それほど嫌いではなかった。好きでもなかった。こんなことを続けていると別の人格になっていく、という心配などしなかった。あの若い村田のように、そんな職員もいたが。

「やれやれ、なにもわかっていないですね。あのひとたち」

木田は、車の後部に用具をいれおえると、軍手をはずしながらいった。それから、運転席にのりこみエンジンをかけた。岩切は、足元に置こうとした黒鞄を、不意のうっとうしさで後部座席に放りなげた。釣り銭の小銭が、なかで崩れる音がした。

「あれは完全にCクラスですね」

「そんなところかな」

Aは恭順、Bはふてくされ、Cは反抗といった具合に、停水対象者に、岩切がつけた評価だった。木田に教えこんだわけではなかったが、彼のほうがよく口にした。もっとも、水道部の他の仲間はそんないいかたはしなかった。

「なんで、ああも話が通じないんですかね」

「いや、通じているんだよ」

すこし考えてから、岩切はいった。

「そうですかね」

「そうだよ」

払う気がないのか、払えないのかそれはわからない。が、一件の停水は終わった。

新藤歯科医院の前をぬけ、車は路地から広い通りへでた。まぶしい青空がいやに高くみえた。

「つぎ、どこですか？」

窓をあけて、片手ハンドルのまま、木田がいった。

岩切は、さっきのあの喘ぐような女の声を、思い出していた。ああいう声を、小出秀作は、いやその女房は、もっていただろうか。正面から低く迫る女の声を、市の職員というより蝿か何かになって躱（かわ）したい気持だった。そしてその蝿の目で、女の目をのぞきこみたいと。

午前中は、七件の停水を執行して終わった。そのほとんどが、アパートの独身男性だった。いつもいく食堂で昼食をとり、近くの公園の木陰で、すこし休んだ。日盛りのなかで、自動車や、すべての物体はゆらゆらと陽炎を背負っているようにみえた。

道路のアスファルトは溶け、白熱してひどくまぶしかった。真昼のひととき、車の流れが熄んだそこは、見慣れた場所であるにもかかわらず、他国の寡黙な風景を想わせた。

午後の仕事にかかるとき、無線で水道部に問い合わせたが、どこの停水予定世帯も入金していなかった。小出秀作もまだ入金していなかった。このまま停水せざるをえないだろうと、岩切は考えていた。

次の停水も、アパートだった。八光荘といって、市内北東部の横山町にあった。そこは、生活保護をうけている人や、独り暮らしの学生が多かった。生活保護をうけている世帯は、福祉事務所長の証明があれば、基本料金までは免除された。基本料金そのものはたいした額ではない。三十立方メートルまでがその範囲内だった。独り暮らしでも、風呂でもあって毎日沸かすのならともかく、三十立方を使い切るのはそうたやすいことではなかった。が、いくら使用しても、基本料金しか免除にならないのに、全額免除になると誤解している人がすくなくなかった。それで、そうではないのです、基本料金だけで、たいした免除というわけではないのです、というと、みんながっかりした顔をするのだった。なかには露骨に不機嫌さをかくさない人もいた。「水と空気と太陽は本当はただのほうがいいんですがね」と岩切がとりなすようにいうと、一瞬、なにをいわれているのかといった顔付きになった。それから「そうもいかないでしょうが……」と半分馬鹿にされたのかといった口調でいった。馬鹿にするつもりなどもうとうない。が、半分はやけくそで、ただが実現するならそれにこしたことはない、と思ったのは事実だ。

三件ある、八光荘の停水予定者のうち、二件は案の定留守だった。木田は、岩切が「止めるぞ！」というのをまちかまえていたように、手際よくリズミカルに止めていった。比較的あたらしいこのアパートは、みな丙止栓が備えつけられていた。その次の停水はワンルームマンションだった。声をかけると、不意にドアが開いた。若い男が、なかから出てきた。この時間にいるのは、たぶん学生であったろう。パンツひとつで、上も裸だった。

「なんです？」

停水にきた、と岩切はいった。

「停水？　なんだそりゃあ」

男は、素頓狂（すっとんきょう）な声をあげ、後ろをふりかえった。座敷の窓が開け放たれていた。その右に、しろい布団がしいてあるのがみえた。脇には、下着らしい黄色い布が丸められていた。

「なんで、止められなけりゃならねえんだよ」

「お宅様は、一年間、料金を滞納しています。納入通知書は、返送されてもこないし、間違いなくふた月にいちどこちらへ配達されているはずです」

「いきなりこられても、払えるわけねえだろう。なにいってるんだよ」

「いきなりでは、もちろんありません。私がくるのは、今日で五回目です。先週の今日も現実に停水予告のビラをいれにきています」

「そんなの、知るかよ。そんなもの見ちゃあいねえよ」

岩切は思い出した。二年前にも、ここへ停水にきて、その時は不在で止めた。あとから母親が市役所まで支払いにきたあの男だった。

「水なんか、止めんなよな」

語気を、低く強めて、男はいった。チョコレートでも塗ったように、男の体は日にやけてたくましかった。

「おさめていただけますか」

岩切はいった。

「だから、いきなりきてもねえっていっているだろう」

「それでは、申し訳ないが、停水ということになります」

「市役所でも、そんなことするのかよ、え？」

「それが目的ではありませんが、やむをえずすることがあります」

「へえ、いい度胸してるじゃねえかよ」

男は、壁によりかかっていた体を立て直し、すこし身構えた。

「水は」と岩切はいった。「流れもするし止まることもあります。蛇口の先だけ流れているのではなく、そのずっと手前の浄水場から流れ、浄水場の淵源は、遠い川や山にさかのぼります。また、台所のながしから出ていく生活排水は、終末処理場で処理され、川をへて海へいきます。けっして、お宅さまがひねる蛇口の先だけ、水は存在するのではありません。それは、こちらの水をお宅がひとりでつかっても、十人でつかっても、同じ事です。水は流れ、止まり、また流れる。そういうものです」

「おめえ、何いいてえんだよ。おめえ、市役所かよ？」

岩切は、しばらく男と睨み合っていた。そのとき、

「あたしが払うわよ。いくらなの？」

といって、若い女がでてきた。衣服をまとっていたが、爪を真っ赤に塗っている。バッグから一万円札を抜きとると、男に渡した。男は、それを、岩切をめがけて放り

投げた。黒鞄を脇にはさみ、深く体をおって、乱雑に脱ぎ捨てられた靴のうえに落ちた札を、岩切はひろった。領収書をひったくるように受けると、男は神社の仁王像のように、いい具合に焼けた顔を怒らせた。岩切は、ドアを閉めた。後ろから、口汚ない陰惨な言葉が大声で追いかけてきた。

「木田よお、あした、どっか涼しいとこへでもいかないか」

車にのりこむと、黒鞄をまたうしろへ投げ出して、岩切はいった。

「ええ。いいですね」

とあっさりいったあと、

「ああいう若いのは、ほんとは止めたほうがいいんですよね」

木田は、うんざりするようにいった。

「そうでもないいさ。ああいうのは、止めても止めなくても、同じことだよ」

いいながら、自分は小出秀作の停水を断行するだろうと、岩切は思っていた。

3

翌日の午後、岩切は木田と一緒に、滝を見に行った。武蔵五日市(むさしいつかいち)の駅をおりて、バスに十分ほどゆられると、その滝への入り口はあった。駅で、缶ビールを半ダースほど買った。たぶんそれだけでは足らないだろうが、帰りにまたこの町でのめばよいと、岩切は木田と話した。駅前は、夏休みも残り少なくなった、子供づれの家族や、身近な避暑をたのしむ若い者が多かった。駅の売店で、ビールを買うのに、木田は並ばねばならなかった。

木田の買い物を待って、夏の帽子をかぶった小学生をみているうち、岩切は自分の子供を思い出していた。もう、半月もあっていないが、どんな夏休みをおくっているのだろう。幼稚園の夏休みに海にいこうと、去年も今年も岩切は子供と妻にいってきた。それは、人並みのはずだ。いま目前に生きているものは、可愛いし、子供は子供で愛情を受ける権利もある。そのことに自分は不服などない。ただ、これ以上の家族を望まないし、自分の家をもとうとは思わないだけなのだ。子供への思いや育つことへの懸念、妻への感謝や場合によってはうっとうしさ、あるいは、ひとつの屋根の下に住むことそれ自体への心の振幅、それらはいまのままでも、充分なのだ、つまり、充分に濃密なのだ。子供のとき、継母に苛められて、泣き泣き飛行場の金網にへばりついた自分も、その時はそれで満たされていて、充分に濃密だった。なかなか飛びもせずに、エンジンの唸りばかりをあげていたあの巨大な輸送機は、そのことを自分に伝えてきた。けっして、不幸とか、そんなものではなかった。いまもそれは変わらない。妻は、しかし、いったいなにを、どうだというのか。

岩切は、小学生をみながら、もうひとつのこと、きのう停水した小出秀作の娘たちのことを思い出していた。母親から、結局、連絡はなかった。午後八時まで待機して、家に帰る途中に前を通ったとき、だいぶん暗かったが玄関があいていて、その奥の水槽がみえた。出目金の泳ぐ水槽だった。そこにテレビの青い色がうつり、ちかちか跳ねるのがわかった。人の姿はみえず、通りすがりの一瞥だったが、岩切のなかに、その跳ねる色がしばらく残った。

昨日の停水件数、十三件のうち、けっきょく十一件がアパートだった。あと一件は、無届け転出の、もぬけの殻になっていた。

「以前は集金制度で、ずいぶんのこっていたんでしょう。このごろは、口座の引き落としと、通知書だから、たまったとしてもそんなふるい面倒な奴じゃあなくて、いいですよね」

木田は、ビールを飲みながらそういった。滝は、バス停から歩いて一キロほどだった。

「料金改定してから時間もたって、使用者もだんだん慣れてきたしな」

「あげたばかりのときは、ずいぶん大変だったんでしょう？」

「そりゃあ、すごい苦情だった。文句をいわれるのは、いつも現場だからな」

「きのう止めた、ほら、あの女の子のいる……あそこなんか、むかしはたまっていなかったんでしょう？」

「そうらしい。おれが、あそこを回りはじめたのは、そんなに古くからじゃないからな。いつごろからだったのだか……」

「岩切さん、あそこ止めたの、気にしているんでしょう？」

「いや、べつに。なんでそんなことというんだ。どの家を止めるんだって、気の重い話じゃないか」

「それはそうですけど……母親がいつかえるかと、ちょっと、しつこくきいていたし」

「きのうは、連絡がなかったが、テレビがついていたしな。いざとなれば、隣近所というものもあるし……でも、へんないいかただが、あの家はいちど止められたほうがいいんだよ。なんというか、そのほうが、こう、活気づくよ」

「停水されて、活気づくんですか？」

「……」

「あ、いや、べつに嫌味でいったんじゃあ、ないんですが」

「……わかっている、承知してるよ」

岩切は、勢いよく二本目のふたをあけて、ビールをのんだ。

濃い緑の木々が、山の高いところまでおいしげり、太い枝をいくえにもさしかわしていた。そのあいだから、三段になって、激しい水音とともに滝が流れ落ちてくる。滝壺の、冷たく透明な水に、絶え間ない波紋がひろがっていた。濡れた赤銅色の岩肌が、爬虫類の皮膚に似た、妙になまなましい艶をおびて、滝の両側に聳えていた。その岩肌とおなじ色の岩の大小が、滝壺の水の底に沈んでいる。が、みつめていると、波紋のために、息をひそめながらその岩がにじり寄ってくるような錯覚をもたらした。

「しかし、気持いいなあ。やっぱり、ここまでくると涼しいですねぇ」

木田は、おおきく背伸びをしながらいった。

「あたりまえの話だが、垂直な滝だね。ほんとにまっすぐだ。昔の行者があれに打たれたくなるのもわかるよ」

滝の飛沫の細かな水滴が、体を濡らすのが心地よかった。

「この滝の名の由来が、さっき案内に出ていましたよ。なんでも、僧侶が煩悩をはらう、なんとかという仏具に関係があるということですよ」

滝壺からながれた水は、そのまままちいさな渓流となって、村里のほうへ流れていく。

渓流の脇は、さっき登ってきた林道となっていた。そこを、中年の夫婦らしい登山者が、上気した顔をしてやってきた。

「木田君よ」

岩切は、不意に思い出していった。

「なんですか？」

「東京中の水を止めてみたいもんだな」

「え？……」

「工事の断水なんてものじゃないぞ。おまけに、電気もガスも止める。それから供給すべき世帯を選んで、最初に水を開ける」

「なんですか、それ。戒厳令ですか？」

木田は、からかい半分でいった。

「だいたい水資源は利根川水系だから、都内だとK取水口、多摩地域だとA取水口だな。こいつを押さえれば、たぶん止まるよ、東京中が」

「いいですねぇ、征服するわけですね」

木田は、すこしあかい顔をして、上機嫌だった。

「そうしておいて、総理大臣と取り引きする。いや、天皇とかな」

「何をですか？」

「水と空気と太陽をただにしろ、ってね」

「えぇ、それだけですか、なんか庶民的だな。それに、空気と太陽はもともとただでしょう？」

「まあ、そういうことにしておくんだよ」

「そうですね、水も東京はやすくないですしね」

そこで、岩切と木田は、乾杯した。岩切はウィスキイを混ぜていたので、酔いがすこしけわしくなった。

さっきの登山者夫婦が、滝の直前まで木橋をわたってきた。夫は、リュックからカメラを取りだすと、滝の前で妻にポーズをとらせた。岩切と木田は、ふたりをよけて、瀑布が飲む場所を変えた。それからもういちどそっちを見ると、妻のうしろいっぱいに瀑布があった。岩切は、一瞬、酔いがひくのを感じた。空似だったが、小出秀作の女房に似ているような気がした。

帰途、林道をおりながら、最後に見ると、滝は木々の茂みに隠されて、一筋のしろい飛沫になっていた。町のなかの、どこにでもある、ありふれた排水孔からでる飛沫とかわらなかった。

4

月曜日の朝になった。テレビのニュースで、岩切はまた目をさました。前の日、夕方からふいに雨雲がわきおこったかと思うと、激しい雨を降らし始めた。夜明けちかくなって止んだが、台所のガラス戸の隙間から吹き込んだ雨が、床をぬらしていた。

外へ出て、いつものように、自転車で岩切は職場にむかった。土手にのぼり、空を見あげると、まだ雨雲のなごりがうすく鈍い色としてのこっていた。風がなまあたたかかった。川の匂いも、いつもよりすえた感じがした。土手を終わりまでいって、降りる。ネムの大木の脇を通る。セメント工場の前を通り、バイパスへでる。セメント工場の隣にある、小出秀作のすむプレハブ造りの家の、窓が半分あいていた。岩切は、それを見てなんということもなく安堵を感じた。物干しのビニール紐に、白いタオルがぶらさがっていた。そこを過ぎてから、岩切は、タオルが水でも吸ったように重そうだったのに気がついた。

自転車置き場にきたとき、始業時間が迫っていて、岩切は駆け足でタイムカードにむかった。二、三の知った顔にであったが、なにか今日にかぎってしんとしている気がした。新館の二階に上がるとき、水道の詰め所の者に出会った。木田はきているかとたずねると、休みだと、その男は無愛想にこたえた。どうしたのだろう。木田がいないことが、ふだんは思ったこともないのに、妙に心細い感じがした。昨夜も、おとうい滝を見にいったのに続いて、また飲んだ。妻の実家へ行こうとして、結局やめたのだった。

昨夜の深酒のためだろう。息が臭いのがじぶんでもわかる。水道部の人影がぼやけて見える気がした。

席につくと、朝の挨拶もそこそこにすぐ係長がたちあがってきた。岩切のそばへくると小声でいった。

「課長がよんでるよ」

そっちの席をみたが、課長の姿はなかった。視線をずらすと、いつも非常勤の職員がつかうおおきなテーブルに見知らぬ男と一緒にいた。雑談しているようにみえた。

「あれは？」

岩切は係長にきいた。

「警察の人らしいよ」

「警察⁈」

驚いて声をあげると、近くにいた誰かが、

「あのひと刑事さんなんですか？」

と、囁きれないうわずった声でいった。それに気付いた課長がこっちをみた。

「岩切君！」

岩切は、面倒なことの予感のなかで、課長の前にたった。動悸がしてきて、足がすこしふるえた。

「まあ、すわって」

深く腰を落とし、それでいて上体をかまえるようにして、岩切は課長の斜めに坐った。目の前の男と、トライアングルの形で三人は向かい合った。これ以上の震えをおそれて、岩切は椅子の支柱に縛りつけるようにして足を組んだ。

「こちらはS署の警察のかただ」

「加東です」

身だしなみのさっぱりした、温和な表情をうかべて、男はいった。四十二、三歳だろう。課長は、反対に気の重そうな顔をしていたが、

「先週の金曜日の、二十六日の停水に、御影町の小出秀作は入っていたかな」

「ええ。止めました」

「死んだんだよ」

「え？」

一瞬、小出秀作が交通事故にでもあったのかと、岩切は思った。

「ふたり女の子がいたんだね。十一歳と八歳の。その子たちが御影町からH市にかかる鉄橋の手前の踏切で、列車にはねられたんだ。下の子は即死。上の子は風圧でとばされて重体だそうだ。昨日の日曜のあさはやくのことだそうだ」

「………」

膝にあてがっていた手が、震えるのがわかった。口のなかが乾いている。三日まえにあったばかりの少女たちの顔がうかんだ。

「母親は二、三日かえっていないようでした。どこか夜の勤めをやっていたようでしたが。父親はもうながいことかえっていなかったようです。いろいろ近所で事情をきいた話なんですがね」

加東刑事は、温和な表情のままいくらか口元を引き締め、八月二十八日の早朝に、あの姉妹が踏切から鉄橋よりにすこし寄ったところで、身を横たえて、朝一番の上り電車にはねられたことを、あらためてのべた。顔ににあわない低い声だった。

家の居間のテーブルの上に一枚の水道の領収書が残されていたということ。家のなかは人形やおもちゃがちらばっていて、下の子の絵日記もひらかれたまま、蛇苺の実がふたつみっつ散乱していたということ。近所の公園で前の日、おそくまで二人が遊んでいたということ。そのさいジュースとパンをたべていて、近くの主婦が声を掛けているなどということものべた。また、小出の家の玄関のたたきに、船の模型が横倒しになっていたともいった。

「事故ではないんですか？」

岩切はようやくいった。課の職員のほとんどが、いつのまにか、岩切の背後にたって固唾(かたず)をのんでいた。温度がもう高くなりはじめていた。

「運転士はブレーキをかけたがまにあわなかった、といっています。ブレーキをかけたとき、上の子はこちらへむかって寝返りをうったともいっていました。事故というより、これは自殺と考えられます」

「自殺……」

岩切は口ごもった。

「ふるい領収書があったというんだな。二十六日の停水のときに、料金を支払ったということはなかったんだろ」

課長が、小さな声で問いかけた。

「もちろんです。過去、三年間、あそこは支払いがありませんでした」

そういったがどこまで言葉になっているかわからなかった。

「無理に止めたんじゃないんだろう」

「とくに無理をしたということはありません。滞納状況はかなりのものでしたし、あの家にはずっと……」

そこで、言葉がとぎれた。

加東刑事は、温和な目をかすかにひからせたあと、椅子を岩切のほうにすこし引くと、

「それで、いろいろお聴きしたいことがあるんですが」

と、いった。

量水器を外す前に、水を溜めさせた。あのとき、出目金の泳ぐ水槽に、水を入れるといった久美子の姿を、岩切は思い出した。

海辺のひかり

1

車内はどこか魚臭い匂いがした。

私は、網棚に手荷物を置き、コートを脱いで連結部を背にした座席に腰をおろした。ホームではさほどの人数ではないと思えたのに、自由席のこの車内はほぼ埋まっていた。子供連れの家族やたくさんの背広姿にまじって、行商の女たちの一群が私の目をひいた。風呂敷に包んだ背丈ほどもある行李を、足元に置いて訛の強い言葉でさかんに話しこんでいたからである。いちように手拭いを姉さん被りにして、紺の絣のいでたちだった。日に焼けた黒い顔をしていた。おそらくいっとう最初に彼女たちは乗りこんだのにちがいない。そう思わせる不思議な活気となごやかさのうちに、女たちは左右の座席から身を乗りだして突然大声で笑ったり、煙草をふかしたりしている。遠慮もなく私は彼女らを眺めた。光と汗と埃のなかで磨きぬかれてきたようなそのだみ声の抑揚に人なつかしさがあった。それはこれから向かう福島県いわき市に住む祖母と、三十年前にそこで急死した母へと思いが繋がるからであったろう。生きていれば、母もこの女たちの年格好であった。

「このスリルがたまらないのよね」

そういいながら、弁当と茶の入った容器を両手に持って妹の文子が駆けこんでくるのと同時に、ベルが鳴りはじめた。ホームに面した車窓の脇の小さな棚に手に持ったものを置くと、妹は腰をおろした。

「乗りおくれるのが、スリルか」

「そうよ」

「ほんとうに発車してあせっていた人をみたことがあったな。それこそ弁当を手にもってしばらくホームを走ってきたよ」

「男の人？　女の人？」

「女の人だったよ」

妹は声をあげて笑った。

死んだ母にもこんなにして列車に乗りこんだときがあったのだろうかと、私は思った。三歳下の妹はことし三十一歳になる。死んだとき母は三十歳ちょうどだった。

改葬は明日の午前となっていた。それが済めば、その翌日には母の遺骨を抱いて帰京する予定なのである。

「わたしがお母さんを抱いて帰るわ」

と妹は旅立つまえに言っていた。

豊満な妹の胸に抱かれた母の遺骨を想像しようとして、私はつかのま妹の胸のあたりを見た。が、誰かにみとがめられるような気恥ずかしさに、またホームに目を移した。

列車が走り始めた。次の急行を待つ乗客が早くも並びはじめているホームはあっけなく車窓から去っていった。新聞に見入っていた男の姿が最後に遠ざかると、列車は駅の構内を抜け、ただちに下町の家並みがせまってくる。いつまでも視線を移せずに、私は外の風景をぼんやりと目で追っていた。路地裏の旅館の看板、まだ明るいのにネオンをキラキラと光らせているパチンコ屋の前の水を打った道路、心配になるほど人が遮断器に近づいている踏切を尻目(しりめ)に、列車は線路をひた走ってゆく。二月の午後だった。車窓からは晴れた冬空もみえた。乗客も、家並みもその空も、ときどき不規則な振動音を伝えてくる列車の揺れのなかで、しかししだいにまばゆいような同行者になっていくのを私は知っていた。

「お昼たべてこなかったから、おなか空いたわ」

妹は弁当の包みを開いて食べ始めた。この主婦の指先は少し荒れて、ささくれができていた。

「たべないの？　まだあったかいわよ」

「もう少しあとでいい」

　生まれた家で急死したので、母はやむなくそこへ土葬された。その生家、つまり大石の家の墓全体を建て替えるのをきっかけに、母の墓も改葬してはどうかと正月があけてまもなく、祖母と従姉の京子がわざわざ手紙で丁重にいってきた。母の墓を移すことは、残された父と私と妹にとっても懸案だったから、私はすぐに承諾の手紙を書いた。もっと早く、こちらへ移してやらねばいけなかったのだ。わが家で最初の死者である母のためについ最近になって西多摩に墓地を用意して、私たちは母を迎えることにしていたのである。

　亡くなる数日前から、旧正月ということで母はいわき市植田町佐糠の実家に帰っていた。乳飲み児の妹を背負い、四歳の私の手を取り、父を伴って帰省していたのである。当時、上野から植田まで鈍行で六時間を要し、その頃住んでいた西立川の自宅からだと旅行きは八時間にも及んだ。その疲労が引き金になったのかどうか、病状が急激に悪化して母は死に至ったものである。リューマチ熱による心臓衰弱が直接の死因だった。昭和三十年の二月のことだ。

「うまいか？」

「おいしいわよ。早くたべなさいよ」

前の座席は空いていたので、二人とも足を投げ出していた。

「おれは、やっぱりこっちがいいよ」

背広の内にひそませたウイスキイの小瓶を取り出してみせると、

「もう呑むの？　きのうもおそくまで呑んだんでしょう」

「そうでもないよ」

「お姉さんがさっき言っていたわよ。親孝行しにいくんだから、その前祝いといっちゃあこのところずっと呑んでいたって」

「ふーん」

私は永いあいだ、母親を求めていた。しかし、立川の中学・高校を出て市役所に勤めて十数年もたち、二十四歳で結婚して生まれた子供が小学生になり、朝から一日じゅう立川の時と場所に身を置く日々の中で、出会えぬものにいつまでも執着する、聞き分けのない幼児のような自分に、いつか嫌気がさしてきていた。父や祖母、母の生前を知る人々に伝え聞いた母の面影は私のなかでもう充分すぎるほど成熟して、行き場を失って腐り始めている。腐り始めたものが発酵して何か別のものに昇華するという性格のものではない。母の死は人の世の一光景として完結していて、その理解を年ごとに確かめることが、私もまた人生の歳をとるという自然なのであろう。が、母の改葬が決まったとき、私はどこかで生き別れた人に再会するようなひそかな期待をもったのである。

母の写真は、女学校卒業のアルバムと、顔半分が千切れている死に近い日のものがあるにすぎない。娘が生まれてまもないころ、私の好物の柿を持って、曾孫(ひまご)の顔を見に祖母が一人で遊びにきたことがあった。袋をひらいて早速私が柿を食べようとすると、まだ駄目だという。なぜ？　と聞くと、これは渋柿でこのあいだ焼酎で渋を抜き始めたばかりだからあと二、三日はかかるという。喰(く)えねえのか、と投げ出すと、こんなものが物置きに入っていたといって別の紙袋から母の形見をとり出した。卒業証書とアルバムだった。私はそれに見入った。もの珍しかった。顔半分が消失しているものがあるのみだったから、女学生であったとはいえ正面からの姿はまぶしかった。父の、職場の旅行の写真とかはさまざまにあった。が、母の在りし日の映像はその半端なものしかなく、それでいて母を尋ねる思いが遺影とか遺品を尋ねるというふうに私のなかでならなかった。死んだときかされていたことじたいが、初めから遺品とか遺影への気配りを遮っていた節があって、本気で捜そうとした記憶もない。生前を知る者だけが、形見のなつかしさを享けることができるのだろう。が、昭和十四年という私のあずかり知らぬ年代の、永い日に焦げてセピア色になったアルバムの写真から、ずいぶん色の黒い一人の女学生の姿をみつけ出した時のことを私は忘れない。何段にも立ち並んだ卒業式の記念写真の一番うしろに母は立っていた。最初おとずれたあるいぶかしさのあとで、まるで長いためらいの後の激しい求愛のように、セーラー服姿のその写真に見入る私の心はにわかにおどったのである。

それに触発されるようにして、ある時、私は母の半端な写真を復元しようと思いたった。勤めの帰りに、駅のそばのカメラ店へよった。若い店員が私の気配に店の奥の暗がりから出てきた。現像室にでも入っていたのか、ほのかに薬品の匂いがした。

「いらっしゃいませ」

タオルで手を拭いていた。

「あの……ちょっと伺いたいことがあるんですが」

「何でしょう？」

　店員は少しいぶかしむ顔つきになった。

「写真を復元することはできるんでしょうか」

「それはできますが」

「写真がないんですが」

「え？」

「いや、あるにはあるんですが、半分ちぎれてしまっているんです」

「ほう」

「それで一枚の完全な顔写真ができないものかと……」

「なるほど。で、いまお持ちですか？」

「あります。ここにあります」

　尻のポケットから手帳を抜き取ってひらくと、写真みずから滑りでるように、すっと店のウインドーケースの上に落ちた。母のむごい顔が晒し者になったような気がして、私は店員があまりみつめなければいいがと矛盾した思いにとらわれた。

「顔写真をつくるといっても、肝心のその顔の部分がかなり切れているわけですね」

　顔を上げて店員はいった。

「駄目ですかね、これでは」

「いや、そんなことはないです。手がかりはあるわけだから」

ひとりごちるようにいったあと、

「失礼ですが、ご不幸か何かにつかわれるんですか」

「いや、もうとっくに死んでいますよ」

「ああ……それは失礼しました。ともかく、至急やってみましょう。気に入っていただけるかどうかわかりませんが」

「急ぐことはないんです」

「急がない？　それならなおさらいいものができますよ」

私には、どういうことなのかわからなかったが、復元ができるということがただ素直に嬉しかった。

久しくあじわったことのないような幸福感にいっとき包まれた。卒業アルバムに挟んでおいた半端な写真がきちんと形をととのえることが、たとえ三十歳で世を去ったにせよ、少女からまぎれもない一人の女へ、妻から母へとつながったといえる気がして嬉しかった。復元することをもってひそかな母への祝福にしたい気もあった。たかが写真にすぎないのだが、遺影を完成させたいという執着がまるで母の死を、あるいは死そのものを手把みにできるかのような錯覚をさえ私に齎らしているともいえた。

2

母の名は晶子といった。旧姓で大石晶子、亡くなるときは深見晶子である。

北関東に近い東北の片田舎の娘にしては、ハイカラな名前だといつの頃か思った覚えがあるが、大柄で健康そのもので尋常小学校も女学校もずっと無欠席だったと祖母はよくかたった。しかし父にいわせれば百姓娘に変わりはなかったらしく、私の質問に「爪なんかいつも真っ黒でなあ」と口をとんがらせていうのが常だった。私は、家の中に継母や妹のいない機会をねらって、母の面影を尋ねるのだったが、父はいつも女をみる目になった。が、すぐさま「それでもあんなに早く死んでいくなら、ああしてやればよかった、こうすればよかったとも思うよなあ」と愚痴もいうのだった。母が父と暮らしたのは五年にもみたない。父にとってはもう過去なのである。しかし母を充分知りたいという私の欲求に応えていないというこだわりがあって、しばしば険しい顔つきで父を見た。そんな私を、父は不思議そうに見た。

母の半端な顔写真を、私は結婚するときに父のアルバムから抜き取ってきた。アルバムには私や妹や継母の姿も映ってはいた。が、中年から初老へと平凡な充実に彩られた父のさまざまな写真が貼られた最後に、母の写真は無造作に挟んであった。何度みつめても肖像の完成には成りえない苛立ちに疲れて、私はしばしばそれを放り投げたが、職場の同僚が自分の母親を語るときなど、「うちのおふくろも還暦をむかえてさあ、大げさだけどお祝いの儀式をやったよ、ほら赤いやつを着せてさあ」という言葉のうらに甘えをしのばせた姿に刺激され、もう一回性懲りもなく見直すということがあった。母のことは自分が思っていなければ駄目だという、自分にもよくわからない決意に似たものが根を張って、私は写真の遠景に見入った。見入ることで母の生きていた町の光景を透視しようとした。

改葬の話を祖母が伝えてきたときの夜も私はそうして眺めていた。わざわざ虫眼鏡を取り出して見ていた。

「なにをみてるの?」

四月には三年生になる娘の洋子が、私の傍へきていった。

「おばあちゃんの写真だよ」

「またみてるの?」

「そうだよ」

洋子はしばらく黙っていたが、静かな息づかいが、幼い何かいいたげな興味に揺れるのが判る。

「ねえ、おもしろいの？」

「何が」

「半分しかなくても」

「そうだね。あまりおもしろくないね」

「でもおもしろいんでしょう」

「そうだよ。いいから、あっちへ行きなさい」

「お父さん。洋子ねえ、作文かいたよ。このあいだ降った雪のこと。先生やみんなと雪合戦やったときのこと」

妻は台所で水を流していたが、

「洋子、あとでゆっくりみてもらいなさい」

と、いくぶんきつい調子で洋子にいった。洋子は別段悪びれもせずに、手にもった白い原稿用紙をひらひらさせてテレビの前まで走っていった。

雪の降る日もあったんだろうなあ、と思いながら私は晴れていたのだろう昭和二十八年頃と思われる母の写真を見た。白い割烹着姿の母の胸。そこからのぞく短い襟のシャツ、首筋、下顎からずっと辿っていく視線の果てには欠落した母の顔。ぼんやりと生垣らしいものがその後ろに写っている。三角の平べったい屋根とその下の白い部分は軒先なのだろう。家の前の路地へ出てきて、母はカメラの前へ立った。シャッターを押したのは若かった父の筈(はず)である。私は、そこから母の生きた時間も風景も復元されるかのように、虫眼鏡に息を吹きかけては袖口(そでぐち)で拭(ぬぐ)い、地図を辿る要領で子細に写真をみつめた。

　その路地は、立川から少し西へ行った昭島(あきしま)の郷地(ごうち)という所である。奥多摩(おくたま)に造られるダムのために引き揚げてきた人々が移り住んだ町の一角である。私の記憶では煙草屋があり、豆腐屋があり、民本(たみもと)という魚の行商をやっていた家があり、その隣に私の家があった。小石の多い道をはさんで白塗りの外人ハウスが四棟あった。テーラー陳という中国人の洋裁師の住む借家もあった。外人ハウスには、米軍の基地に勤めるアメリカ兵と同棲(どうせい)する女たちがいた。その路地でどんなことをして私たち子供が遊んだかは余り覚えがないけれども、一つだけひどく恥ずかしい思いをした遊びの記憶がある。母が死んで一、二年あとのことだろう。ガキ大将を中心とした子供らの集団で、そのとき、うんそう屋ごっことかいうのをやった。ガキ大将にそそのかされて、私は正直に、乾いてもハエのたかる犬の糞(ふん)を枝の切れ端にのせて持っていった。するとガキ大将は「ばか、うんそう屋っていうのは何か運べばいいんだよ。犬のクソじゃねえんだよ、ばかばか……」と私をからかうのだった。私は顔面が熱くほてって真っ赤になるのを感じ、それでなくとも同級にちかい女の子が傍にはいるというのに、犬の糞を持ったままうなだれてしまった。その私をぐるぐる取り囲むようにガキ大将と他の連中がいっせいにはやしたてた。

「小さい子をいじめるんじゃないわよ！」

どこで見ていたのか、外人ハウスに住むミチコが大声を出してそのときあらわれた。私はそちらを見た。髪を金色に染めて真っ赤に口紅を塗ったミチコが、白いショートパンツ姿で、サンダルをつっかけて椹(さわら)の生垣のところに立ってこちらをにらんでいた。

「いじめてなんかいねーよ。こいつがばかなだけなんだよお」

そんなことを、口をとんがらせていいながらガキ大将はかけ去っていく。そのあとにつづいて他の子供たち。喧嘩(けんか)をしても、明日になればまたすぐ遊ぶようになる。からかわれ、いじめられることで、抱擁される仲間たちなのである。

「汚ないから、早くそんなもの捨てるんだよ。そんなもの持ってると、ミッちゃんミチミチうんこたれて……なんていわれちゃうよ」

私の実(みのる)という名をミチコはそんなふうにいって、私の手からはらい落とすように枝の切れ端を取り去り、そのまま自分の家へつれていった。そして雑巾(ぞうきん)で私の手を拭った。

「ロバートさんはいないの？」

「いま会社へいったよ。あわなかったかい」

「ふーん」

ミチコは米軍基地のことを会社といった。ロバートが会社へ行くとき、玄関のドアのところで、ミチコは必ずキスをした。たまたま私たちがそれを見てしまったとき、真っ黒い顔に真っ白い歯をのぞかせてロバートはにっこり笑うのだった。すると子供らは、ワァーと叫んで散るのだった。

奥多摩の出身だった父は、三ヶ月間の兵役をつとめ、終戦は島根県の松江でむかえた。実家へ帰省して、二、三年トラックの助手をやっていたが、奈良県の天理市へ行く機会があり、そこで、祖母と出会った。どんな駆け引きがあったかしらないが、父はやがて福島に行くことになった。そこでならまず食物はどうにかなるだろうと腹を決めたのだった。父はなかなかの美男子で、行き当たりばったりの結婚が母との間に決まり、そのお披露目で村の中を回ったとき「あきちゃんは、映画スターみてえな人と一緒になっただよ」とみんなに囁かれたという。しかし結婚式の夜は大風が吹いた。披露宴は、天井板もない古い家の座敷でおこなわれたが、煤で真っ黒になった梁からぶら下がった裸電球が、右に左に大きく揺れた。父は、化学工場での石灰処理の仕事に毎日自転車で通ったが、祖母夫婦、兄夫婦との一緒の田舎の結婚生活に鬱屈して、わずか一年で逃れるように立川のバスの運転手の仕事に飛びついた。同時に、この郷地に家を求め、数ヶ月してからのち、妻子を呼んだ。

ミチコは、父が郷地に家を建てたときから外人ハウスにアメリカ兵といた。ハウスといっても、付近の地主が畑をつぶして木造の家屋を建て、畳は敷かずに板の間だけにして家の周りを白ペンキで塗ったものにすぎない。戦争が終わってどっと押しよせた進駐軍に、そうした住居を提供する地主が多かった。ミチコの家は、乾いてすぐ砂埃の立つ路地をはさんで私の家と隣り合っていた。

私が一歳になるかならぬかの頃、歩き始めたばかりの幼い足でミチコの家へ上がりこんでしまったことがあった。夏のことで、ちょうど昼どきの食卓に素麵か何かが用意されていた。私はわざわざテーブルの椅子に乗って手を伸ばして、それらを全部床に落として喜んでいたのである。私を捜して外へ飛び出た母と、たまたま庭先から家の中へ戻ろうとしたミチコが鉢合わせになって、そのままミチコは家の中に入り、また出てきて母に叫んだ。

「おたくのミッちゃん、こっちにいるわよ」

「すみません。あら、あらあら……!」

私は床にこぼした汁に素麵を混ぜて手でこねくり回して遊んでいたのである。

母が死ぬまでの数年の間、母とミチコはそれがきっかけで話をするようになった。

「神経質なくせに、いたずらが好きで、困るんです」

「あたしにはそう見えないけど。かわいい、すなおそうなぼくだと思っていたけどね」

母は腰を屈(かが)めて床を汚した素麵をかき集めながら、

「ちょっとした物音でもすぐ目を覚まして泣くんですよ、男の子のくせして」

「なんでもいいわ、生きておれたら」

母は前掛けをほどいて素麵のかたまりを包もうとしたが、

「いいのよ、別に今日は一人で食べるだけのことだったから」

「でもお汁もなくなっちゃったし、あとでお返しします」

「スパゲッティにして食べるから気にしないでおいといて」

「スパゲッティ?」

「そうよ、スパゲッティ」

母にはまだこの料理がわからなかった。

「うちのダーリンが、会社からよく持ってきてくれるの。これよりもっと太いのをね」

「はあ……」

「うちのダーリンも、太いけどね」

そういうと、ミチコはけたたましく笑った。母もつられて笑い、この、自分より三つか四つ年上の同じように大柄な、それでいて髪を赤く染めた女の顔をみつめた。田舎で出産して半年にもみたない郷地での新生活で、母には生涯はじめてみる類の女だった。

ミチコは自分から進んで身の上話をすることはなかった。が、しばしば大酒を呑んで自分の部屋のベッドにひっくり返っているようなとき、たまたま母が自分で料理したものや田舎から届けられてくる野菜をもって訪ねるようなとき、ポロッと口からこぼれるように昔の話をすることがあった。

「あきちゃん、水くれる？」

ある夏の朝のことである。喉の渇きをうったえるミチコに、母は台所の水甕から柄杓で汲んできてそのままミチコの口先に持っていった。

「五年や十年の体じゃないんだから、あまり無茶なのみ方をしないようにねえ」

「きのう、あのクロンボとけんかしてやったんだ」

「またなの？」

「最初のころはぜったいアメリカにつれて行くとか何とかいって……きのうはきのうで反対のことをいいやがって、あたしは日本にいたくないんだ、畜生！」

いつもはダーリンと彼を呼んだが、気持の荒れる日はきまってクロンボといった。はじめは母は困惑したが、そのうちにどちらにも激しい気迫ともいうべき強い愛情がこもっているのに気付いた。

「いいわね、あきちゃんには子供がいて」

「つくればいいのに。ミチコさんの子はきっとかわいいわ」

「混血をつくるの？」

「……」

そういう問答は母は得意ではなかった。自分が経験してきたもの以上のことをいえなかったし、いってはならないと思った。

「ごめんね。でも、あたしにもいたんだよ」

「子供が？」

「そう」

「ほんとけえ、で、どうしたんだい？」

いきおいこんだとき、母の言葉には訛がまじった。

「戦争中のときのことよ。八ヶ月の赤ん坊だったけどね。空襲で死んだわ」

「………」

「爆弾が破裂してね、その鉄の破片が空を飛んできたの。あの音、いまでも覚えているわ」

「わたしのところは、田舎だったから、そういう空襲というのは、あんまりわからなかったけどもねえ」

母はいわきの故郷の風景を思いえがいた。

「その破片がね……」

ミチコはベッドから身をおこし、もう一口柄杓の水を口に含み、少しむせた。

「その破片がね、わたしの首の後ろをかすめたの。わかる？　かすめて背負っていたわたしの赤ん坊の首から上を持っていったのよ」

「………」

ミチコのこぼした水が、ベッドの白いシーツにしみてゆくのを、母は息をのんだまままみつめていた。日陰になったハウスの家の中は暗く、裏の庭に立つくるみの木の大きな葉っぱが日を透かしていた。母が目に涙を光らせているのに気付いて、

「ごめんね、あきちゃん。ずいぶんむかしのことなの。いま、あたしは満足している

のよ」

ミチコがいうと、

「せつねえことねえ、せつねえことねえ……」

母は何回もそう繰り返した。

家に戻ってから、母は眠っていた幼い私の体を抱きおこしてしっかりと自分の胸にうずめた。そして、一言「よかったね」と呟いた。

それから、よくミチコはいろんな身の上を母に語ることが多くなった。母はたいがい聞き役に回っていた。母の生い立ちにも不幸といえばいえるかも知れないことがなかったわけではなく、戦争の影もとうぜん落ちていた。ただ、自分は犠牲者ではないけれど、ミチコは犠牲者だという思いがあった。が、ミチコには、いつも夏がつづいているような、強い日光に顔をさらしているようなところがあって、純朴そのままにきた母のまなざしに、大好きな先輩をあおぎ見るようななつかしさをうえつけた。母が死んだとき、ミチコもまたそんな母を不憫に思っていわきまでかけつけてきた。

昭和二十七年になって、立川基地の地下にあったガソリン補給庫から、ガソリンが洩れるという事件がおこった。

当時、立川の民家は、ポンプで井戸水を汲み上げて生活していた。一軒に一台のポンプも多かったが、なかには数軒で一台というのもあった。

川原に近い農家の隣家との境にしている石垣の隙間から蛇が這い出してきて、赤銅色のポンプにからみついて日向ぼっこをしているなどということもあった。たいがいは青大将やカナ蛇などの無害な類だったが、それでもその家の主婦が仰天し、子供らの騒ぎになったのも少ないことではない。

四月のある日、市内北部の高松町に住むある市民の井戸水が、突然原因不明の強い石油臭に汚染されて使えなくなった。

「おはよう、いる、あきちゃん！」

ミチコはその日の早朝、勝手口まできて母に声をかけた。むろん母はおきていて、早出の勤務だった父を送り出したばかりだった。

「おはよう、珍しいじゃない。こんなに早く」

台所から顔を出して母は言った。

「水がくさいね、気がついた？」

ミチコは化粧したままゆうべは寝入ったらしく、赤い紅がはげかかった口を不審そうに開いていた。

「いま、それで近所中さわいでいたところなのよ。とても飲める水じゃないわ」

「ゆうべ、ダーリンと一緒にのんで帰ってさあ、朝水をのんだらくさいのよ。手でさわったら口のところが油でギラギラしてさあ、びっくりしちゃったわよぉ」

「味噌汁のときは気がつかなかったけど、お茶を入れたら青くなってね、ひどいのよ」

大がかりな汚染とは誰も思わなかったが、日を追うにつれて立川周辺の住民に深刻な影響を及ぼしていった。魚屋、豆腐屋、飲食店など水を大量に使う商売はほとんど仕事にならなかった。クリーニング店の白い洗濯物は紫色に仕あがり、公衆浴場には揮発した油気が充満して、五分も入っていると頭痛がしてきた。

「でも、まもなく給水車が、きてくれるらしいわ」

「給水車?」

ミチコはうんざりした表情になり、

「こんどは水の行列なの。やれやれねえ」

この給水車の水をたよりにする生活は、四月から五月、五月から汗ばむ季節になってもつづいた。水くみのために、近所では病気になる者も出た。

給水車がくると、チリンチリンと鐘の音がするのですぐわかった。母もミチコも、給水車がくると、バケツを手にして集まった。

行列をつくる。日射しは高く強く、順番を待つ人々の顔には汗が光った。給水車がまだ止まらないうちから後を追いかけてきて、止まると同時に小口の蛇口から水をひねる子供もいた。大人達は大口の蛇口から出るホースで水を入れてもらうのだった。

その日も真夏日で空は青く光が弾けていた。手ぬぐいで頬かぶりをしている婦人や、地下足袋をはいた人夫風の男や、顔見知りの近所の人たちばかりではなくチリンチリンと鐘が鳴ると聞こえる周辺の者がみな群がるのだった。

バケツを前に進めているうちに、母の番がくる。黒いホースから水がほとばしり、泡を立てて一杯になる。ミチコと一緒に重いバケツを持って体を傾けて帰ってくる。

「臭いのしない冷たい水はいいね」

ミチコがホッとした口調でいった。母は黙ってうなずいていたが、

「ほんとうね。でも、わたしの田舎の井戸水もおいしいのよ。夏はとっても冷たくて、のむと海の匂いがするの」

3

列車は水戸(みと)を過ぎていた。土浦(つちうら)の駅にさきほど到着したとき、弁当売りが、山積みになった弁当の籠(かご)を首から下げて、このときとばかり大声で叫びたてていた。

「うなぎ弁当か。おいしいんでしょうね」

「なんだよ、まだくい足りないのか」

「いいえ、そうじゃないけど……」

「こういう日は、あっちにもこっちにも胃袋があるんだな」

「本当にそうね。じっさい、食欲もわいてくるし、とにかく買ってみたいのね」

手洗いに行くといって妹は席を立ったが、帰りにはうなぎ弁当を手にしていた。私は苦笑したが黙っていた。妹は照れ臭そうに舌を出し、わざと声を出して腰を下ろした。上野で買った弁当の料理をつまみに、私はウイスキイのポケット瓶をすでに半分空けていた。深追いしていきたいような酔いがかるくあって、もう一口すすろうとしたとき、

「改葬って、何をするのかしら」

表情を変えて妹がいった。

「骨拾いさ」

「それだけ？」

「だと思うよ」

妹は膝の上に置いた弁当に目を落としていたが、弁当を見ているふうはなかった。

「ピンとこなくてね。最初はぜんぜん気にならなかったけど、こうして電車にのっているうちに……」

「墓をあばくのが怖いのか？」

「そういうことじゃないんだけど」

そんなことをいっていたが、しかし妹は結局うなぎ弁当にも手をつけ、硬い座席の角に頭をおしつけて眠ってしまっていた。はじめは軽く目を閉じていたのだが、そのうち深く眠りこんでしまった。髪の毛の何本かが顔にかかって、いまは荒々しく眠っているという風情があった。どこから見てもすでに世帯ずれを隠せない。それは私に淡い安堵を感じさせた。

常磐線は水戸を過ぎると、片側に海が見え始める。列車が赤土をむき出しにした山肌を通り抜ける。また山肌に視界が遮られる。その見え隠れに、風景の下方に点在する民家の向こう、国道沿いの松林の彼方で太平洋が白い波頭をひるがえしているのだった。

この線路の上を私が何回往復したかは定かではない。私の記憶する最初のそれは、母の死の一年後と思われる。残された私と父と妹が、しばらく家事をまかなってくれる祖母の遠縁に当たるひとりの老婦人とともに、東京へ向けてここを通ったのだった。それも二月の午後のことだ。空から雪が降って来そうだった。私にはまだ充分な言葉がなかったが、光がおとろえていく黄昏の光景そのままに、何もかも切なく暗かった。自分がどこへ向かっているのかも、母の死がどんなことなのかも私はほとんど解していなかった。蒸気機関車が途中で停車した古ぼけた田舎の駅で、父から買い与えられた熱いミルクコーヒーが泣き出したくなるくらいにうまかった記憶が、その寒々とした午後の印象と重なっている。あかぎれのために硬張った手でかかえるようにしながら、確かに私は熱いミルクコーヒーを啜ったのである。

さらにもうひとつの記憶は、私が十三歳のときのことだ。生母の不在という事実がいやがうえにも私には目にみえて被さってきていた。私は反抗期にあり、ことあるごとに継母といさかいをおこし、父には喰ってかかった。どんな理由が契機となったかは忘れてしまったが、私は腹いせに自分の手の甲に死んだ母の名をマジックで記して数日を暮らした。それがまたいさかいの因（もと）となり、ある秋の夜、私はひとりで夜行列車に乗った。家には無断で、無賃乗車だった。列車の便所にひそんだり、学生帽子を目深にかぶって眠ったふりをしながら、私は祖母のもとに向かった。勤勉で実直そうな初老の車掌は、はじめ何度か私の肩を揺りおこして切符を求めたが、私は頑（かたく）なにおし黙っていた。車掌が私の肩から手を放して何か思案気に私をみつめている気配がつたわる。そのときほとんど祈るように私は息をひそめた。やがて車掌の、がらんとしている通路を遠ざかる足音をききながら、私は気の遠くなるような安堵にひたった。瞼（まぶた）からは自然と熱いものが滲（にじ）んできた。列車は闇のなかをひた走った。深夜の駅に着いた。実際には、その頃五時間たらずの時間だったが、私には異様に長い時間に思われた。空には月の光が神々しく充（み）ちわたり、駅の裏山の草むらでしきりと虫が鳴いていた。私の他に一人の乗客が降りたが、その男が改札を出ていくまで、私はホームの冷たいベンチの陰にひそんでいた。カンテラを提げた駅員がのんびりと辺りを見廻（みまわ）りにきたが、その光の輪は私の足元をかすめたに留（とど）まった。思い出したように哭（な）く犬の遠吠（とおぼ）えが夜空に響くのを聞きながら、私はホームを素早く駆けぬけ、線路に下り、バラ線を張った杭（くい）を飛びこえた。杭に塗られたコールタールが、荒い息を吐く私の口元に強く臭った。駅の外に出た。小石がごろごろと転がる田舎道を、私は一目散に海をめがけて走った。よろめき、躓き、何度となく転びそうになりながら私は走った。このとき私はなぜ海をめがけたのだろう。なぜまっすぐに祖母のいる家に向かわなかったのか。その時刻、月光の冴えわたる時刻に祖母の休む家の戸板を叩くことが私には憚られたのだった。いきなり祖母の胸に飛びこんで、わあっと泣き出したかったが、自分はもはや子供ではいられないという新しい感情が、それを許さなかった。そこで私は海に向かって駆けた。生きていた母とともにあった、自身の幼年の記憶が、走り抜けていく鎮守の森や梨畑、小川やその横で鳴く牛蛙などのそちこちに揺曳しているのを遠くで感じながら、あの夜私は海に向かって駆けたのである。すると不意に生臭い潮風とともに、海はその姿を私の前に現わした。が、それは私に親しい昼の海ではなかった。はじめて出会う暗いひろがりだった。松の木の根方にもたれ、息をととのえながら私はその海を凝視した。月光は雲間に隠れ、砂浜はぼんやりとした白いつらなりを見せている。それが果てるあたりで、波がかすかに蠢いている。そこから先は見えない。見えないけれどきこえてくる潮騒が、かすかな異和感を私に伝えてきた。私は立ち止まった。暗い海の沖の方で、母は背中を見せて立っている。私は松の根方に腰を落とした。そして眼をつぶった。このとき、私の思慮のはるかに及ばぬところで自分を突き動かし、あるいは抱きとめる得体の知れないものがあるのを、私はほとんど直感していた。それほど唐突にあらわれた海の表の暗黒であった。

列車は海岸線を走り続けていた。時刻は午後三時を廻って、海の沖には日没を控えた陽光が濃い蜜(みつ)色をおとしている。私は黙ってその風景をみつめつづけた。視界が不意に遮られてトンネルに入る。車窓のガラスに映った自分の顔の奥の暗闇をみているうちに、私は父から聞いた話を思い出した。隣の町に住む父は今回のこの旅行きに仕事でこられなかった。

昭和二十年夏の終戦までは、その数年前に卒業した女学校時代はもとより、母は勤労女子報国挺身(ていしん)隊として軍需工場に働いた。が、戦争が終わったあとの一時期、父親の大石正善(まさよし)の営む土建業の手伝いをしたのである。仕事の大半は隧道(すいどう)掘りだった。男手がまだ充分に回復しておらず、大石正善は自分の娘をもその重労働に駆り立てた。戦時中ということも、それが終わったあとの解放ということも私には判らない。ただ、一斉に始まった新しい生活の波が福島県の海辺の片田舎にも及んでいて、大石正善は事業を盛り上げようとし、体の丈夫な娘が戦時中の労働そのままに自然に父親に応えようとしたのだろう。母はちょうど二十歳だった。

早い夏の朝がまだ明けなくてあたりがうすい青い時刻に、父娘は毎日家を出た。馬に荷台をつけ、そこに様々な工具やモッコを積み、大石正善は手綱を引き母は後ろに乗るのである。母屋の脇の納屋の一角を改造した離れに、あちこちの現場を渡り歩く人足を期間中住まわせることもあったが、たいがいは当の工事現場近くの平地に建つ飯場に、大石正善の手配する人足は寝起きしていた。が、その隧道掘りのときは男は少なく、母と同じように、近在の百姓家の娘や農婦が大石正善と同様のそれぞれの組に集められた。その隧道はいまのいわき市の岩間（いわま）というところにある。岩間から小名浜（おなはま）という古くから栄えた海のまぶしい漁港に行くには、隧道が出来る前はいったん山の方へ迂回（うかい）しなければならなかったが、完成すればまっすぐ海伝いに抜けることができた。集落や村の人々の総意が、戦争という非常時から解き放たれたときに、自然にそこへおもむいたものともいえた。植田の町には、昭和の初めに何の曲もない形で化学工場が出来たのを除けば、これといった地場産業もなかったのである。

あさまだきの庭に立って、祖母は仕事に出かける者らを見送った。庭土には砂がまじり、はまぼうが豊かな丸い葉と黄色い花を、井戸の脇や竹の垣根の傍に生い茂らせていた。海を控えたこの土地には、夏になるとはまぼうがあちこちの道筋に繁茂したのである。

「気をつけていってこいなあ」

必ずそういって見送るのを、

「ああ。かあちゃん、いってくるかんなぁ」

と母はこたえた。元気なときも、そうでないときも、母は別れの際にはいつも明るく笑ってはっきりと言葉をいった。馬の荷台のかすかな揺れに身をまかせたまま、そうして笑った母の顔が遠ざかり、朝靄のなかに消えていく。

現場は掘り崩さなければならない、赤土の山肌である。火薬で大きく開けた穴を掘削機で削っていき、切り梁をしてそこにせき板を張る。掘った穴の土がこちらに崩れ落ちないようにするのである。モッコで土を運ぶのは母たちである。水平線に日が昇りきるのと、母たちが仕事を始めるのがほとんど同時だった。日が中天にさしかかり、午後に傾いてやがて残照が海を金色に染めるまで、母たちは働いた。昼飯どきに山陰に休んで海からの風をうけ、鳶が宙を舞い海鳥が沖の方で飛び交うのを眺める一刻があったにせよ、それは重い労働だった。かつて父が奥多摩のダム築造の人足の仕事を少年の頃していて、山の向こうに早く日が沈まないかとそればかりを思ったと同じように、体はいつか鉛のようになり、膝は痴呆のようになったにちがいない。重く湿った土の匂いを母はどんな思いで嗅いだろう。

隧道の長さはわずか二百メートル足らずである。その途中まで掘り進めたとき、山側の地層の地下水にぶつかった。しかし、それは不透水層の圧力をうけない自由水面であったから噴き出してくることはなく、降雨や流水が地表に染みこんだものが湧いてきたのだった。が、じょじょに深さを増して、母たちはひどいときには膝まで水に漬かった。泥水を掻き出すようなものである。数ヶ月もつづいたその状態に若い娘の体は冷え切った。朝出て行くとき、祖母は母に何枚も衣服を着させた。厚目の着物にもんぺをはかせ、半纏をまとった腰に前掛けをきつく締める。足は地下足袋だったが、髪はきれいに結い上げ、白い手拭いを襟元でむすんだ。日中は日除けの麦わら帽をその上にかぶるのである。が、帰ってくるとき母はしだいにうつむいて目を閉じていることが多くなった。

「かあちゃん。おら、冷めてえんだぁ」

つらそうにそういって、泥だらけのものを脱ぐと母は長いこと風呂に漬かった。疲れたから止めてしまうという時代ではなく、

「せつねえことなあ」

へっついに薪をくべながら、祖母は涙を流した。

後年になってこのときのことを、「あんときあんなことさせねばいかったと思うよなあ。でなきゃ、まっと長生きしたんだっぺよ」と祖母はいった。

隧道はいまはコンクリートで固められ道路も舗装されて、晴れた日には青い海が道

の片側に眺められる。黒ずんだ巌のような向こうの岬の突端までつづく砂浜に、あざやかな白い波が砕けるのも見える。が、何よりも河口近くに建っている火力発電所の煙突が日を浴びて銀灰色の煙を吐いているのがひときわ目立った。昭和三十一年、母の死後まもなくこの火力発電所は完成した。ありふれた田舎の、平穏な海辺の光景はこれによって一変した。

河口は、その源を阿武隈山系に発する鮫川の下流だったが、鮫川の茨城県よりに須賀という村があって、母はそこで生まれた。大正十五年の十月十四日のことである。母は、夫婦円満ななかに生まれてきたのではなかった。十七歳で結婚した祖母の父親の大石徳四郎は、獣医をしていて村のちょっとした名士だった。が、跡継ぎがなく、一人娘の祖母が従兄にあたる武という男と一緒になった。武は大石徳四郎に獣医学校に行かせてもらい、なにくれとなく世話をやかれ、大石家の跡目として大事にされたが、最初の子が生まれた頃から義父母を邪険に扱うようになった。年老いてきた義父母は「こめよお、こめよお」と祖母を呼んでこぼすようになった。武は長身で、物腰も柔らかで外面はおとなしかったが、くどくどと目に鋭くけわしい光をたたえて小言をいうのだった。やがていたたまれなくなったある日、若い夫婦は大喧嘩となり、祖母は二歳になっていた母の兄、私の伯父の手を引き両親をつれて家を出た。そこで居を定めたのが佐糠の家である。しかしそのとき祖母の腹は母をみごもっていた。その後、祖母は、土建屋を営む大石正善と再婚したのである。正善も子連れだった。二人の間に一人子が生まれたが幼くして死に、正善の連れ子だったシゲ子も四十なかばで世を去った。正善は母の死後は土建の仕事もやめて畑などをいじくりながら、父の生活がおちつくまで私と妹の面倒をみていた。母の死んだ年の夏、何かの所用で正善は妹を背負って郷地の父のところを訪ねた。「汗びっしょりになってきてなぁ」と父はそのときのことを語った。次の年になって、正善は食道癌で死んだ。豪放磊落な大酒呑みだったがしまいには呑んでも吐き出し、飯も喉を通らず、わずかにやっとうどんだけが喰えたので「おれの関所はうどんしか通さねえ」といって苦笑いをしたという。

　五十歳になる前に、祖母は私の伯父もふくめ子供というものをことごとく喪い、自分の連れ合いにも死別した。この祖母はしかし気丈だった。気丈になったというべきかもしれない。その視線には迷いはなく、いつもひとすじの光を放っている。私の家に遊びにくるとき、わざわざ自分で作った田舎の沢庵を持参してくる。それを出してやろうと妻が用意しているのに、気の短い祖母は「沢庵切ってこねえけ？」と催促する。たいがいはうるさく思う筈なのに、祖母がいうとどんな小さなことでも、言葉の意味をこえて励まされるような不思議な気分になった。

あれは私が三歳の頃のはずだ。須賀の村の親類か誰かが亡くなって、川舟に乗って行った。母は妹を産み終えていた。顔の面立ちは定かではないが、母のかたわらに私は坐(すわ)っていたように思う。黒っぽい着物をきていて、母は頭に白い布をのせていた。それは日を避けるためなのではなく、弔いの場所へおもむくならわしであった。

台風がすぎたあとで、おそらく橋が駄目になっていたのだろう。歩くとギシギシする粗末な古い桟橋から舵(かじ)をとり、舟は水葦(あし)のあいだをぬけ、いくぶん泥の色を染めた川の上を滑っていく。生臭い潮の匂いのこもる風が、母のうなじの生毛(うぶげ)を涼やかにゆらす。川の面に反射する海からの光に母は深々と瞼をとざし、私はじっと母の袖口をにぎりしめている。あのまばゆい夏の朝、母はまだ生きていた。

「あんときは、だれか母ちゃんのほうの悔みさ行っていたんだっぺよ。文子は生まれたばっかしでやっこかったからぁ、隣のおばちゃんげさおいていったんだぁ」

「おばあちゃんは、はっきり覚えているわけなんだろう?」

その夏を透視するかのように、しつこく私はこの舟の上の情景を尋ねた。

「古い話だからなぁ。はっきりさはわかんねえけどもお、たしかそうだっぺ。佐糠さきてがらはそんなときしか須賀さいがねもの」

遠いまなざしで語る祖母の顔を、私はいくどまぶしく仰ぎ見たかわからない。

体の丈夫だった母がどうして心臓リューマチなどになったのか、それはもっと早く発見して何とか適切な治療を受けられなかったのか、私は父にも祖母にも、まるで尋問するかのようにしばしばそうした質問を投げかけた。「そうよなぁ」と嘆息とともに父はかすかな困惑の色を浮かべたが、答えはなかなか言葉にならなかった。言葉ではあらわせないものがあるということを表情に浮かべるのは祖母も同じだったが、「ああいう病気は、時間さかかるんだぁ」といったことがある。「どういうことなの?」というと「一日や二日でわるくなるならぁ、その前になんとかするっていうことも、はぁ、できるけどもな。生命をもっていくような病気は、ゆっくりと時間をかけて出てくるんだっぺよ」さらに私が「どういうことなの?」と尋ねると一度立川に米を売りに行ったことがあるという。米を売りに行った日の母の顔色は、ひどくわるかったのだ。

まだ元気で若かった祖母は、遠い道のりをはるばるかけて野菜を背負い、米を背負って何回となく郷地の娘の所までやってきた。父と母が建てた家といっても三間と台所、風呂と便所の小さな家である。借金も少なくなかった。

その日バスに乗って、二人は立川の町へ出た。祖母は袷にもんぺを着て、母も同じいでたちだった。背中に、それぞれ三升ずつの米の袋をしょった。バスがまだ舗装もされていない白く乾いた道筋を行くあいだにも、アメリカ兵と日本の女の連れ立って歩く姿が見られた。駅に近づくにつれ横文字の看板が目立った。青梅線の踏切でバスが停止する。信号機の鐘が鳴っている。踏切を右に曲がる道の反対側にアメリカ軍の駐留する広大な飛行場の金網が見えた。黒々と記された立ち入り禁止の札が立っている。踏切が開くのを待っていると、四発のプロペラをもつグローブマスターという巨大な輸送機が空を圧して降りてきた。凄まじい地響きのような轟音に、信号機の音はかき消え、赤の点滅だけが呆けたようにくりかえされる。町の営みのあらゆる音がそこで寸断され、飛行場の彼方に望む丘陵の黒っぽい輪郭までが細かく震えるようだ。踏切が開いて、またバスが走り始める。

「すっごい音でねえのぉ」

初めてではないのに、祖母はいつも単純に驚きを露わにした。

「あれで、いつも文子がおこされるんだよぉ。うちばっかしじゃねえけども」

飛行場をちらっと見やって母はいった。心なしか息づかいが浅かった。

駅に着いてバスを降りると、そこにも背が高くカーキ色の軍服をきたアメリカ兵が目立った。それでも駅舎から出てくる日本人の数は多かった。町のメインストリートの両側はほとんどが平屋か二階屋で、三階建て以上の建造物は稀だった。オートバイより自転車の往来が多く、甲虫のように鈍重なスタイルの自動車が走ると、まだ午前の早い時刻なのにたちまち白い埃が立った。蘇りつつある日本人町のそこかしこに異国の体臭と活気があった。

「さあてと」

祖母は米の袋をしょいなおし、いきおいこんでいった。

「あきこ、どっからいったらよかっぺ？」

「とにかく町まで来たんだから、どこからでもいいんじゃねえけ」

立川へ行けば何とかなるだろうという希望がまだあった。

太い路地を折れて行くと、最初に石田屋という味噌屋があり、隣に乾物屋があった。奈美喜庵という麺屋があってその隣は米屋である。

「こんなとこへ、まさか売りいくわけにはいかねえべな」

祖母が快活にいうのを、

「わかんねよぉ、あんがい買ってくれるかもしんねえよ」

母が答えると、祖母はちょっと立ち停まり真顔になる。

「冗談だっぺさ、冗談。おら、やだよぉ」

そんな受け答えをしながらも最初に飛びこんだのは旅館だった。楓の木の葉が低い門柱すれすれに被さり、ガラス戸の玄関の前にはすがすがしく水が打たれていた。玄関で声をかけていいものかと短い時間祖母はためらったが、結局そこで大声を張りあげた。

「ごめんください。田舎から持ってきた米なんどもぉ、いらねえけ？」

女中が勝手口から顔を出した。不審そうな表情のまま二人を見ていた。

「何かご用ですか」

「田舎さから持ってきた米なんどもぉ、いらねえけ？」

少し小声になって祖母がいった。

「せっかくですが、間に合っております」

「穫り入れしたばかりの新米でぇ、とってもおいしいんですよ。お安くしときますが」

「はぁ、でもせっかくですが……」

穏やかなもの言いの中にきびしいものがあった。母は一刻も早く立ち去りたい気分になった。

「めったにとれねえ、新米ですよぉ」

ぎこちない商売言葉のなかにもどうして買わないのだろうといぶかしさがこもっていた。結局また米の袋をしょいなおし、二人は旅館の門を出た。打った水が敷石の窪(くぼ)みに残っていて、祖母がほんの少し足を滑らした。

「話にのってくれればよぉ、中の米さみせてやったのになぁ」

やや気色ばんで祖母がいった。

「物売りから買ってはならないってきまっているのかもしれないね」

「うめえ新米なのになぁ……」

旅館を振り出しに正午近くまで廻った家々は三十軒をくだらなかった。が、どの家もみんな申し合わせたように「間に合っております」というのだった。はじめは断わられても、自前の米への自信から必ず買い手があらわれると祖母は考えていた。まるで巡礼のように重い袋を背負って路地の裏々を経廻(へめぐ)っても、しかし行く先々で女たちは同じ答えをいうのだった。

「田舎でならなぁ、一軒も売れねえなんてことはねぇぞぉ」

そういって祖母は路地の隅に手洟(てばな)をかんだ。バスに乗っているあいだ、広い青空の一角から暗い雲が湧いてきそうな気がしていたのを母は思い出していた。

午後もだいぶん過ぎて二人はようやく諦(あきら)めた。これでは子供をあずけてきた隣の民

本さんへのお礼もできないと、母は考えていたが、

「あきこよぉ、せっかく出てきたんだから映画の看板くらい見て帰ろうじゃねえけ」

「そうするけえ」

二人は基地のゲートの傍に一軒できていた映画館によった。エリザベス・テイラーの「ラプソディー」という映画をやっていた。

「鬼さみてえな顔してるでねえのぉ、真っ赤な口さしてえなぁ」

祖母が笑って振り返ると、母は悲しげに笑い、そのまま黙って苦しそうな息をしている。顔色が青かった。思わず母の手を取ると、掌(てのひら)には冷たい汗がたまり、爪の色も真っ白になっている。瞼の辺りが腫(は)れぼったかった。祖母は母の米の袋を自分のものとひとつにして映画館わきのうどん屋に入って休んだ。母はうどんを食べきれなかった。ぐったりと疲れ切って帰宅すると、その夜、母は真っ赤な小水を出した。しかし二、三日もするとまた元気になった。が、日を置いて、母はそんな症状をくり返すようになっていったのである。

　このときなぜ一軒も米が売れなかったのか。私はいつか父に聞いたことがある。しばらく黙っていたあと「あの頃は、もうそれ程田舎のものを欲しがらなくなっていた

んだろうな。アメリカ、アメリカでな、逆に思い出したくない人もいたかも知れねえな」と父はこたえた。

4

改葬の当日になった。寒気はきびしかったが日ざしは澄み、風もなかった。祖母と私と妹の文子、それに死んだ伯父の子にあたる京子とその妹の竹子、京子の夫の時治の六人で大石の家を出た。時刻は午前九時を少し廻っていた。持っていくものは線香と新聞の束、それに一升瓶に詰めた水と二つの骨箱である。砂まじりの庭土は靴の底をさらさらとすべった。水は、私が詰めた。ゆうべ到着したあと風呂も入らずにしたたかに呑んだ酒の瓶をそのまま洗い、井戸の水を詰めたのである。井戸は家の南の隅にあって、畑と隣接していた。畑の横に竹林があった。むかしは高い釣瓶があって、桶に汲み上げては手足を洗った。それも今は蛇口にかわっている。洗った鍋や釜を置ける粗末な二段の棚がかたわらに備えられていたが、いまは腐って斜めに傾いていた。コンクリートの流し場には苔がそちこちに生い茂り、米粒とか菜っ葉の切れ端とかがいつも残っていた。蛇口をひねって、海の匂いのする、冷たい水を、私は二日酔いに渇いた喉に立てつづけに流しこんだ。呑みながら郷愁のようなものがぐいぐいと迫ってきた。腸の奥底まで滲みるような冷たさの芯に、あまくひろがる美味があった。

大石の家は、周辺の民家とともに田圃に突き出た格好の一段高い土地にあり、台十という名もついていた。表の農道に行くまで百メートルにもみたないが、リヤカー一台が通れるだけの狭い道を少しくだっていく。子供の頃は、従姉たちと、リヤカーでこの道で遊んだ。ある時期など火力発電所に働く大勢の季節労働者が、民宿として大石の家に寝起きしていて、その男たちとも遊び戯れた思い出もある。栗田という屈強な若い男に、たまたま遊びにきていてはじめて春画というものを見せてもらったこともある。高校に入った頃だったろうか。

農道に至る寸前で、隣の上岡の主婦が日に焼けた顔を出した。亡母より二つ三つ年上の、六十がらみの農婦である。私たち一行を見ると、

「ご苦労さまねえい、んでも、いいお天気でよかったない」

と声をかけてきた。改葬のことは話をしてあるらしかった。

「行ってめえります」

祖母が答え、みんなは黙礼した。

とうに亡くなっていたけれど、上岡の主婦の母親が隠居していた離れで、私は生ま

れた。十二月に私は生まれたが九月に従兄の明が生まれていて、同じ年に同じ家で二人の男が生まれると勝ち負けがつくということで、そこを借りたのだった。生まれ落ちるとすぐ私は上岡の家の垣根の横に捨てられた。それをただちに祖母が拾い、はじめて私は大石の家に迎えられる。そういう儀式らしかった。しかし改葬は儀式でも何でもない。掘りおこせばよいことなのだ。私はそう思おうとした。改葬するのにまるで母を埋葬するかのようなひそかな興奮があった。私より早く生まれた従兄の明は十歳の夏に鮫川で溺れ死に、それ以来大石の家は男が絶えた。

雨がしばらく降らずに、砂を多く含んだ農道は日に乾いていた。行列を作って歩いているつもりはなかったが、目に見えぬまなざしに周辺からみつめられている思いがあって、自然に一行は口数も少なく縦に連なって歩いた。農道に六人の淡い影が映り、祖母の土を擦る草履の音が物静かなあたりに小さくひびいた。この村には旧い家が多く、沿道には大谷石の倉が、青木の濃い緑の生垣に守られて並んでいた。火の見櫓の前を通って、やがて県道に出る。弱い冬の日が火の見櫓の半鐘の縁で光っていた。この半鐘が打ち鳴らされるのを、聞いた記憶はなかったが、そこを過ぎるとき、いまにも打ち鳴らされるような胸さわぎに訳もなく私はおそわれた。県道をずっと行くと、右手に灌漑用の小川が流れている。誰かと一緒に猫の仔を三匹、この小川に捨てた思い出があった。私は幼かったからその人が捨てるのを見ていたのだ。かたわらの大人は、たぶん死んだ伯父だったように思う。その大人の指が、三匹の仔猫を把み、しばらく水に漬ける。目のあかない仔猫だったが、みゃあみゃあとうるさく啼(な)いていたのが、声だけかき消えて、水の中でいよいよ激しく啼き交わす姿態を、はっきりと覚えている。仔猫は三匹とも茶色だった。それが水の中で妙に生々しい黄色になった。それからまた泥のような色になったとき、大人の指から離れて、ゆっくり流れていった。水草が手招きするように漂っていた。伯父は私が二歳のときに故人になっている。だからもしかしたらあの大人の指は別人かも知れない。黙って仔猫を水に漬けていた大人の存在感は、父のような身近さではなく、それでいてなつかしい血縁の人だったと思うのだが。

　舗装がはげかかったでこぼこの県道を横切ると、私がしばしば使いにやらされた、帳面で雑貨を買う江尻(えじり)商店がある。いつも帳面なのでいったいいつ払うのだろうと子供心に心配した記憶がある。その前を通り、田圃を脇に見て右に曲がると石屋があった。燈籠(とうろう)だとか観音像だとか無造作に立っているかたわらに、大小何種類もの石が重なり横倒しになり、石の粉が飛び散って作業場付近は真っ白だった。この石屋で、新たに大石の家の墓を造ることになっていた。作業場には誰もいなかった。石屋の二階の物干し場で、石屋の女房が洗濯物を竿にかけていた。こっちを見て軽く会釈した。霧のような水滴がよく晴れた空からおちてきた。

石屋は村の共同墓地の縁にあった。墓地の隣には神社があり、神社の裏に狭い田畑がつづきその向こうは土手になっている。下を鮫川が流れ、鮫川には渋田橋が架かっている。空の光とあいまって、海からの光が鮫川の下ってゆく河口のあたりから少しずつ漲ってくる。そのためであろう、墓地の空気は明るく澄んでいた。火力発電所の向こうで、耳をそばだてると潮騒が低くとどろくのがわかった。

祖母は、墓地に着くなり草をむしり出した。ほとんど枯草だったが、汚ならしく地面に伸びひろがり、朽ちかけた墓標にも這うように届いていた。それをぎしぎしと音立てて、祖母はむしり取った。細かな白い砂のまじった土が、祖母の黒い手の指のあいだから零れた。私も妹も、腰を屈めて祖母に倣った。従姉たちも指先に草をひっかけた。

この墓の前に何度立ちつくしたことだろう。母が生まれ死んだこの土地へ来るたびに、私はまっさきにここへやってきた。あの秋の無賃乗車の夜もそうだった。ここへ来るしかないのだった。ほのかなはかない、どんな小さな動きにも、たとえば親猫が仔猫を舐めているといった光景にでも、愚かなほど私は母の影を見ようとした。そうすることが、うれしいのだった。日々のおりおりに、いつも私は母の墓前に立っていたともいえるだろう。

「おそくなりましてえ」

自転車にリヤカーを引いた初老の男が、そういって到着した。道具袋がその中に入っているのが見えた。墓の改葬を、この男に頼むのである。私は自然と目礼した。

「寒いところを、ごくろうさまねえい。おまえさまのおいでなんのぉ、お待ちもうしておりました」

祖母は、男に深々とお辞儀をした。

「……いやぁ、まっと早くさくんだっだどもぉ、かかあが風邪さひいてよぉ、寝てんだあ」

「ああ、それはそれは。申し訳ないねい」

ごま塩の頭を指でかきながら、男が照れ臭そうにいったのに、祖母は再び正面からお辞儀をくり返した。男は、金山という仙台に向けて二キロほど行った村からくるということ、僧侶は呼ばずに、寺へ納骨に行ったときに経をあげてもらうことになっていることも、昨夜祖母から聞かされていた。冬の日ざしにまぶしそうに目をしばたたく男の顔を、私は少しのあいだ横からみつめた。

私の記憶より、共同墓地には石塔の数が増えていた。いかにも重そうな墓石は、その下に眠るもののやすらぎをかえってあざむいているという観念が私に湧いた。それは石と石のあいだに置き去りにされてしまったかに見える、黒っぽく変色した墓標や塔婆のせいかも知れなかった。近くに一ヶ所だけ真新しい墓標があった。周囲がみな墓石だらけだったのでそこだけ不思議な活気にみたされていた。

かろうじて立っている大石家の墓標は、三本とも朽ちていた。戒名、俗名が記された墨の文字もほとんど消えかかっている。昭和三十年二月十三日という母の没年月日も、ひとつながりの字体は示しているものの、諳(そら)んじていなければ素直に読み下せなかった。男は、それら全部を引き抜いた。芥(あくた)を拾い、草をむしるまではみなで手を下したが、だいぶん崩れて平らになっている盛り土に男が最初のスコップを入れてからは、黙って見ている他はなかった。祖母は白い手拭いを被った頭をいくぶん垂れ、荒れた手を胸の前で組んでいた。

空は青く晴れていて、美しい日ざしにみちていた。しかしときおり、雪のかけらであろう白いものが、耐えきれなかったもののように冬空からちらちらと光って舞いおちてきた。このとき「ふってくる雪をみていると、自分が空に上っていくような気がしました」という、娘の作文の一節をわけもなく思い出した。自分には長いあいだ、この空に母がいるのだと思っていた幼い時間もあったのだと考えた。

男は、脂のない、荒れた手をしていた。彼が最初の作業に取りかかる前に、三角の白布をどこからか取り出して頭に巻いたときはギョッとしたが、それも職業のしるしなのだと思うと、哀しいようなおかしさがこみあげてきた。男の姿は坑夫のいでたちに似ていた。彼のスコップを扱う腰の動きも、腕のふりも、穏やかではあったが正確だった。まるで、土にむけて祈禱するかのようなおごそかささえ、私には感じられた。それほど彼のはく地下足袋、野良着、首にまいたタオルまでもが彼の吐く息づかい、筋肉の動きに従順なのだった。穴を掘るというそれだけの作業が驚くほどゆたかな表情をみせるのだった。

途中まで掘ると、男は手を休めた。そしてかたわらの土のうえに裸で置いた一升瓶に口をつけて、酒を呑んだ。それからまた仕事の手を進めた。彼が酒を用意していることに私は気がつかなかった。酒の匂いが漂うまで水だと思っていた。が、口をつけてあおる時いくぶん男の表情はこわばった。緊張して杯を受ける人のようだった。

「いやあ、なして今日は冷えんだっぺねえい」

唇の端をぬぐい、人の好い顔をほころばせて男はいった。

「ふんとにねえぃ」

そういって祖母は見守るようにうなずいた。酒でも呑まなければできないのだろうと、私は思った。勢いというものもあるのだろうかとも思った。

「お酒が好きなんですね」

私の声に、ちらりとこちらを見たが直接は応えず、男は悲しそうに笑った。突然、私に、底深い感謝が生々しくこみあげてきた。

長方形に、男は穴を掘っていった。スコップが最初に突き当てた遺骨は、曾祖父大石徳四郎のものだった。棺は完全に泥化し、遺骨は散らばっていた。頭蓋骨が後ろを見せている。頭蓋骨の中からは古い糠のようなものがたくさん出てきた。男は、リヤカーからダンボールの箱を用意して、それらを手把みで納めた。

「これは脳味噌だな」

真面目な顔をして時治がいった。すかさず祖母が、

「このおんじさまは獣医様だったからぁ、あたまはいかったんだよぉ」

といった。

「ぼろぼろ、いっぱい出てくんだから、あんまりつかわなかったのでねえけ?」

京子が冗談めかして言った。

「んだ、おめえと同じだ」

時治が、また真面目な顔をしていった。

「あ、そうけえ。わるかったねぇ」

「姉ちゃんは、これからつかうんだっぺねぇ」

竹子がいうのを、

「んだ、んだ」

祖母は感心したふうにうなずいた。

土の下から、最初に遺骨が発掘されたことで、陽気な雰囲気が生まれてきた。京子にも竹子にも私と文子にも、曾祖父は遺影の人である。だから彼らの死への実感も初めから土に埋まっているのと同じだった。

次に掘りおこされたのは、伯父である。伯父の遺骨は、頭が南になっていた。南とは、墓地の区画の通路に面した方角である。区画のしきり目そのものがあいまいで、今まで伯父の頭上を参詣（さんけい）の人たちが歩いていたともいえた。

「あれえ、あんときは、たしかさ北向きに寝せたと思っていたのになぁ」

息子の遺骨に身を乗り出すように、祖母はいった。

「そういえば、父ちゃんが、頭がいてえいてえといっている夢をみたことがあんなぁ」

京子がいうのを、

「ふんとにぃ……」

竹子が顔をしかめ、

「そんなことってあんのかぃ」

「せつねえことぉ」

祖母が顔を曇らせた。

伯父は名を忠治(ただはる)といい、トビをやっていたが、母と同じ三十歳のとき工事現場の高い鉄骨の上から墜(お)ちた。耳と鼻から血を出しながら病院へと走ったが、途中で倒れて絶息した。伯父の骨は太かった。が、よく見ると、心なしか細かなひびのようなものが入っていた。

私と同い年の従兄の明の骨揚げのとき、棺は半ば形を留め、土に水分がまじっていた。小さな児童の遺骨である。くりくりとした丸い頭蓋骨があらわれて、その隣に、彼が使っていたランドセルが泥まみれになって置かれてあった。濡(ぬ)れた泥が日に光った。明は小学校三年のとき川で死んだ。鮫川で近所の子供と泳いでいて溺れ、河口近くに打ち上げられた。近所の子供は頭の表面が浮いていて大人にすくいあげられた。すぐ隣に明も沈んでいたのだったが、発見されなかったのである。当時祖母は農業のかたわら提灯(ちょうちん)作りをやっていて、盆が近づいていたその夏の日、品物を納めて帰る途中の渋田橋付近で、大石さあん大石さあんと呼ぶ声にまだ何事が起きたのか知らなかったのに膝がガクガクと震えてきたという。曾祖父徳四郎を除き、自分の実家に埋葬された大石正善を除くと、父子二人はいずれも事故死だった。

旧正月ということで帰郷してから五日のあいだ、表情にいくぶん疲労がほの見えたとはいえ母は元気だった。風呂にも入り、食事も進み、よく眠った。久しぶりということであちこちの親類の家にも足を延ばし、青年団の仲間たちと旧交を温めもした。私は近所の子供らと遊ぶことが多く、母は妹を背負ってそれらに出掛けて行った。

「祝言あげてまもないころぉ、青年団の寄り合いでよぉ、あきこがでかけたことがあったっぺ。ちょっと帰りがおそくなったもんだったからぁ、おこってやきもちさやいてなぁ」

と祖母が帰ってきた母にいうのを、

「んだね、そんなときあったねえ。わたし、ごさっぱらやけてさぁ、あんとき逃げていったんだよぉ」

「んだ。それであんまし帰らねえから、畑までおらむかえにいったんだっぺよ」

父は仕事の都合で二晩泊まって家に戻っていたから、母娘は遠慮なくそうして笑い合った。

七日帰りはよくないから、六日目の明日帰れと祖母がいった日の夜、母は苦しみ出した。全身が熱を帯びて痛い痛いというのである。四キロ離れた植田の町から医者が往診にきたが、よくわからなかった。真っ赤な小水を母は出した。次の日は床に伏していたが比較的元気で、奥座敷に横たわったまま庭を眺めたりしていた。「おかあちゃん、まだいたいのけえ、早くよくなんなねえ」と四歳の私は遊びの途中に思い出しては、縁側の所まで行って母にくり返すのだった。その二年前に息子を喪っている祖母も、伯母も、大石正善も村の者の誰もが母が死ぬとは思わなかった。母自身、最後までただの一言も、死に臨んだ言葉はいわなかったのである。

床に就いて三日たった夜、母は風呂に入りたいといった。病状を懸念して祖母は留めたが、どうしても聞き入れずに長いこと母は一人で入った。風呂から出て、しばらくぶりに母の顔はつややかに輝いたが、やがてたちまちその顔は苦しみに歪みはじめた。痛みが全身を苛むのである。

意識がなくなる三十分前になって、母は最後の要求をした。妹の文子に乳を呑ませたいというのである。妹は一歳にもならない乳呑み児である。はじめ祖母たちは反対したが、それが死病ではない証拠だともいえると気をとり直し、妹が連れてこられた。

妹は眠っていたが、母のかたわらに寝かされると目を開いた。祖母が母の胸元を広げてやる。乳房は苦しい母の息づかいに波打ちながら、いたましい光沢を放っている。妹は無心に吸いついてそれを呑んだ。臨終の時が熟し、死が際立ってくる生涯最後の一刻一刻を、三十歳の若い母親はそうして乳呑児と過ごしたのである。祈る思いで誰もがその姿を見守った。見守るしかなかった。風の強い夜で、家の裏の、鬱蒼（うっそう）とした竹林が音を立てて揺れるのがきこえた。

父が到着したのは、母が死んで三時間もたってからである。このとき父が、母の枕元にいざり出て、

「あき子、あき子!!」

と、頭を両手で支えて激しく揺り動かしたのを私は覚えている。祖母は、涙をボロボロと零しながら、父の反対側に廻って母の腕をさすっていた。血はもう流れないのに、瘦（や）せた腕に青く浮き出た血管を下から上へと指先で押して、それが膨らむのがまるで母が生きているとでもいうようにくり返した……。

駅前のカメラ店に頼んだ母の写真の復元は結局できなかった。やってみたけれど駄目でしたと店の男がいったのか、もともと出来る代物ではなかったといったのか、私は忘れてしまった。思い違いをしていましたといったのかも知れない。思い違いとい

うなら誰にでもあるし、誰にでもあるということで許されるということもある。が、私はくやしかった。母の死という理不尽さの奥に、もうひとつの理不尽さをみた思いがしてくやしかったのである。

「みっちゃん、ほれ、手伝わねえけぇ」

京子の声がした。

男は母の墓を掘り出していた。しかし、前に掘った土は穴が深くなるにつれて遠くへ放られずにまた落ちてしまうのだった。時治がリヤカーに積んであるもう一つのスコップで土の山を移動している。ぎこちなく、かなり乱暴な手把みで私もその作業に従った。母の墓をもう紛れもなく掘っているのだとの思いが落ちつかなくさせて、私はわざと土くれの大きいのを乾いた畦道へ投げた。

「まるで、ちょっとした遺跡発掘調査団ね」

奇妙な陽気さで妹がいうと、

「ふみちゃんたら、あき子おばちゃんにおこられるよぉ」

と竹子がいい、

「いいべよぉ、今日はご対面なんだから。一族全員集合なんだべよぉ」

と京子がいい、

「邪魔だ、邪魔だ」

時治がリヤカーを回転させて荷台をこちらに向けた。燃料の薪とうすい鉄の板が見えた。冷たく澄んだ冬の空に、誰もの声がすき透ってきこえた。祖母を見ると、男の掘る穴の縁に立って、腕を胸に組んだまま黙って見おろしていた。

三十年前の埋葬である。妹の文子のいうように、遺跡発掘の人骨さながらに、母の棺は解体して泥に化し骨も散らばっているだろう。私はそう思っていた。だから、胸から下を穴の中に置いた男のスコップが、音立てて棺を突いた時は意外だった。丁寧に土を払うと、完全な形を留めた棺が現われた。誰からともなく嘆息が洩れ、私と妹は顔を見合わせた。男は、きびしいまなざしで棺を見やったまましいっとき手を休め、休めた手を伸ばして穴の上の酒瓶を把み、再び酒を口に含んだ。ごくりと動く喉仏とともに汗がひとすじ首の下に落ちる。顔はいよいよ真っ赤に上気していた。やがて、棺の上蓋（うわぶた）にスコップの先端をこじ入れて力まかせに男はそれを開けようとしたが、容易に開かない。何度か試みたのち、仕方なくバールを道具袋から持ち出し、それで上蓋の端を崩しておいてからもう一回スコップでこじ開けた。するとあっけなく蓋が外れた。胸に抱きかかえるようにその蓋を男は穴の上に送ってよこした。受け取って私が地べたに置こうとしたとき、

「あれをみて……」

妹の文子が小さく叫んだ。

振り返って私は穴の底を覗きこんだ。すると母の棺のなかいっぱいに黒い水が溜っていたのである。そしてそこに、髑髏が静まりかえってポツンと浮いていたのである。かたわらで妹は啜り泣きはじめた。

「ずいぶんの水なんだねぇ」

やすらかな声で京子がいった。

「海が近いからぁ、水が湧くんだなぁ」

語尾上がりの訛の強い口調で時治がいった。

「んだな。この中は粘土になっているしなぁ」

男はスコップで土を叩いてみせた。彼の頭の三角の白い布に泥が跳ねていた。地下足袋をはいた足も水にかくれている。

母は前の三人より深い所に埋まっていた。地表の奥深くから少しずつ湧いてくる水がまるで水槽のように粘土質のなかを充たし、棺はそのために腐蝕からまぬがれていたのだった。三十年ぶりに日の光を浴びた母の髑髏はやや蒼白く、突然の外気に力なく漂った。四歳の幼児の私は三十年前、こうして穴の中を覗きこんでいたはずである。

青く冷たかったであろう母の死顔が溶け、短い結婚生活をへてきた肉体が溶けた黒い水が、いま私の目前に溜っているのである。みつめていると、あるかなしかの風にうながされて、母の髑髏はまるですり寄ってくるように水の表面を滑ってこちらへ来た。そのとき、ほとんどひりつくような思慕に私はおそわれた。髑髏であってもそれは肉体なのだった。母がかろうじて踏みとどまって私につないだ最後の肉体なのだった。なかば予想していた無造作な人骨ではなく、生まれ故郷で薄命を閉じた母が、冷たく黒い水の中で三十年かかってととのえた、私への身仕度のように思えたのである。こんな所にいたのか。しきりとそんな思いが胸を突いた。

　黒い水は静まりかえって、穴の底で冬の青空を映していた。おしいただくように母の髑髏を地上へ移したあと、男は、何回も丁寧に細かな骨をすくい出してくれた。つややかな光すら帯びていた黒い水はたちまち濁って、作業の終わりを待つありふれた泥の色と化した。スコップの上に何も乗らなくなったとき、男は初めて強い力で棺を壊した。私は立ち上がり、穴の底を見下ろした。ハッとするほどの深さだった。

　掘りかえした土のうえに敷いた鉄板に、四体の遺骨を安置する。その下に薪をからませて火を点(つ)けるのである。母の髑髏をよく見ると、幾筋かの髪の毛が濡れて光っていた。妹の文子は両の掌でそれを拭った。もはや唇に護(まも)られることのない歯並びが、生前のその美しさを訴えるように慎(つつま)しく露出している。

「丈夫そうな歯だなぁ」

　私がいうと、

「母ちゃんは、ちんちゃいときから歯がいてえなんてことは、いちどだっていわねかったよっ」

　祖母はりきみかえるようにいった。それをきいてみんな笑った。

　身内だけの火葬が始まった。骨揚げしたものを寺に預けて、そのあいだに大石の墓は改まるのである。鉄板の周りに腰を下ろして、六人は燃えさかる火に手をかざした。そのぬくもりに私は全身が冷え切っていたのに気づいた。火は金山の方から吹いてくる風に勢いを増した。積み上げた死者の骨を焼く炎に、足元からあたたまっていくのがわかった。

「借金をするくらいだから、お母さんは生きようと思っていたんだわ」

　ひとりごちるように妹がいった。

「知っていたのか？」

　と私は驚いていった。私だけが父からきかされていたと思っていた母の借金である。

「お母さんが死んだあと、隣の民本さんから魚代の請求をされたらしいの。黙っていようと民本さんは思っていたらしいんだけど、お母さんが必ずすぐかえしますからとあんまり真剣にいっていたので、かえって心残りをさせてはいけないと、お父さんに打ちあけたんだって」

「貧乏していたんだよな、その時期は」

そう私がいうと、妹は首をかしげて祖母のほうを向き、

「いつもお米や野菜を運んでくれるおばあちゃんに、魚をたべさせてあげたかったということよ。おばあちゃん、魚が大好きでしょ。借りるようなことは後にも先にもそのときだけだったらしいけど、何かとてもお魚が高かった年があったんだってね」

洗ったばかりのように妹の顔は輝いていた。この場にくることのなかった父を思い、父と暮らした母の短い結婚生活を私は思った。

「おまえらの母ちゃんも、苦労したんだっぺよ」

わずかな沈黙のあとで、祖母は煙に目を細め棒の先で薪を突ついた。燃えさかる白い炎のなかでしだいに乳白色に乾いていく母の髑髏が少しかしいだ。

母が笑ってる、と私は思った。

向かいあう海の方角に火力発電所の遠景がある。そのずっと手前に三本松とよばれる松があって、一羽の白鷺（しらさぎ）がとまっている。この辺りでは珍しいことではなかったが、

その横の土手の近くを二羽の鳥がかすめ飛ぶのも見えた。私はそれらを眺めた。異った色合いに染めぬかれた鳥の姿も、身じろぎもしない松の濃い緑も、渋田橋付近からせり上がってくる海からの光もいちように澄みわたっていた。もうどんな風景の中にも母を尋ねる必要はない。私はそう思った。

千年の通夜

雨の多い夏だった。七月も終わりのその日、おれは残業するつもりで、家に電話した。女房は、無愛想に、わかった、とひと言返事をした。どこか山の中にでもいるような遠い声だった。いま御飯を炊いている、ともいった。おれは、訳もなく、女房がしゃもじを片手に持ち、別の手に受話器を握っている姿を思い浮かべた。剣をささげもつ仁王像のように、女房は立っている。白いのっぺらとしたしゃもじが、おれの家のせまい台所の電灯の光にそりかえっている。

電話を切ると、すぐに、かかってきた。取ると、中学のクラスメートのAからだった。同じクラスの田島が急死して、今夜が通夜だというのだ。

「田島が?」

「ああ。そうだ」

驚かなかったといえば嘘になる。が、なぜだかわからないが、そんなこともあるだろうという感情が、何千回も同じ訃報をきいてきたかのような濃密さで湧いてきた。それでいて田島には、この四、五年ほど会っていないのだ。

「病気か？」

「いや、事故らしい。はっきりとしたことはわからないが、駅のホームから墜ちたということだ」

　詳しい説明がつづくのかと思っているうち、突然、硬貨の足らなくなる音がした。おれは受話器を右手にもちかえ、改まった口調でいった。

「それで、どうすればいい？」

「今夜の通夜か、明日の告別式に出てもらえればと思う」

「告別式は何時だ？」

「朝十時からだ」

「わかった。とりあえず今夜顔を出すことにするよ」

「そうか。そうしてくれるとありがたい。おれは今日も明日も行く」

　その途端に電話が切れた。

　役所勤めのAとちがって、明日の告別式に出席できる余裕はなかった。上司に訳を話し、無理をすればいけないこともないが、それはおれにとっても田島にとってもさしでがましいことだ。無理をするなよと、田島ならきっというだろう。今更どうということはないんだ。

九時までのつもりを七時で切りあげ、おれは田島の家に向かった。残業をしなくても、通夜に間に合う時間ではない。途中で、コンビニエンスストアーに寄り、香典袋と喪章を買った。コンビニエンスストアーはたてつづけに三ヶ所ほど勤め先の近くにできて、町の一角をひと晩じゅう明るくしていた。

田島が三十歳をすぎて結婚をし、公団の入居の申込みを重ねているということを、同窓会できいたことがあった。二年くらい前の話だ。が、なかなか抽選に当たらず、抽選にはもう当たってやらないなどと、冗談をいっているとも、その席できいた。本人からきいたのではなく、賑わいをみせていた酒の席で他の者からきいたのだ。田島はもともと口数の少ない男だった。顔を合わせても、すぐ向こうから伏目になるので、こちらで気を遣わなければならないというふうだった。色の白い、端正なおも立ちの男で、ずいぶん女の子にもてた筈なのに、結婚は仲間うちでもおそいほうだった。浮いた話もきかなかった。田島の女房になった女はおれたちより二級上の、同じ中学の出身だった。田島は初婚だったが、女房は再婚だった。準備をしなくちゃ、と田島が二年前の同窓会の席で呟いたということをおれはAからきいていた。

おれは、中央線が区部に入ったあたりに住んでいたが、もとは田島と同じ町に暮らしていた。おれには兄弟がなく、両親もつづけて二十代のときに死んだのでどこへ住もうと気楽だったが、田島は、自分の母親と女房と三人で自分の出た中学のある町に建設された公団に入居したばかりというわけだった。その田島の新居は、S駅から四つほど西に入った駅でおりて、川の方へ向かって歩いていくのだった。Aの話で、だいたい見当はついたが、かつては梨畑が川の手前につづいていた気がする。よくわかっている筈だったが、Aから改めて道順のおおよそを告げられたとき、おれは初めての見知らぬ土地に向かうような気になった。

S駅で乗り換えたころから、道行きの周辺に霧が出はじめていた。それが、遠い町でもないのに、深い山のなかへ連れこまれるような気分を誘った。降りる駅が近づくにつれて、霧は濃くなった。平行する街路灯のあかりが、海底のなかのようにボーッと光っていた。駅を降りると、ターミナル広場には円形の芝生の囲いがあって、一本のポールが立っていた。上部に取り付けられた大きな時計が、八時三十分を指している。その傍に二、三台のタクシーが停まっていた。タクシーは黒塗りで、霧にかすみながらもおれの眼に霊柩車(れいきゅう)のように映った。自分が田島と同じ中学校生活をすごした町の駅前に立って、おれはやはり初めてきたような錯覚にとらわれた。

ちょっと前までは、駅の周辺は麦畑がつづいていてね。

田島のそういう声をきいたような気がした。

むかし、陸軍兵舎だった長屋があって、そこに戦地からの引揚げ者や朝鮮人がたくさん住みついていた。そのまわりがずっと青い麦畑で、夏のよく晴れた日なんかきれいだったよ。

しかし、たちこめる霧に、駅前は麦畑の風景とは似ても似つかない。人影もまばらだった。通行人も、どういうわけか、後ろ姿ばかりが眼についた。

歩いていくうちに、霧は深くなっていった。最初の十字路に、歩道橋がまたがっていた。その手前に、中学校の建物があり、向こう側にスポーツセンターがある。中学校は改造されておれたちのときとは建物の位置がちがっていた。石垣の上の灌木の茂みからのぞくと、校庭に人影があった。何をしている様子もなかったが、一本の軸のようにたっている。スポーツセンターにはまだ室内の照明が点いていた。門の前をとおるとき、白い水銀灯のあかりの下に、頬をひからせた若い男が三人ほどあらわれた。プールはまだやっているのだろう。周囲を樹木の影におおわれたスポーツセンターのプールで、誰かが静かに水を切ったり浮かんだりしている姿をおれは想った。道は、依然として真直ぐに伸びていた。いくらか下り坂になっていく。このまま斜面を深めて川に突き当たるのだ。薬屋の看板が、右手にみえてくる。

途中に薬屋があってさ。そこの娘とは小学校から一緒だったんだ。娘はてんかんもちでね、いきなりバッタリ倒れることがあった。口から泡を吹き出してね。

むかし田島はそういっていた。

いつもおとなしい子だったんだけどね。教師が指しても、なにもこたえられないくらいだったよ。

斜面をくだって大きな街道を横切ると、川の匂いがしてきた。遠く霧と闇のなかに、公団の灯りがみえてきた。水を張った田が、点在する人家の隙間に見え隠れしている。蛙の鳴き声がした。おれは歩きながら田をみやった。蛙の姿を認めることはできなかったが、一匹の蛙がおれをみていると思った。

公団の区画のなかに入る。人影はなく、別の惑星に立ったように静まり返っている。

葬儀は集会所でやるといっていた。三十棟くらいの規模の公団だが、集会所は、どこかに隠されているみたいに、ここからは見当がつかない。おれはかまわずただ真直ぐに、左右の棟のあいだのメインストリートを歩いた。すると右前方に平屋の高さの灯りがみえてきた。近づいて行くと、霧のなかから忽然と葬儀の花環があらわれた。

「おう、わりと早かったな」

集会所の入り口に顔を出すと、Aが通夜には不似合いな大声でおれにいった。軽くうなずいて、おれは田島の女房を目で捜したが、その場には見当たらなかった。半間ほどの靴脱ぎ場で靴を脱いだ。下駄箱はなく、新聞紙を板の間に敷いて、そこに履物を並べていた。

時刻は九時をまわっていた。通夜の儀式はとっくにおわり、くつろいだ感じの人々が十二、三人ほど、いくつかのグループになって部屋のなかに坐っていた。みんな喪服姿だったが、近所の手伝いらしい婦人が三人ほど、白い割烹着姿で、立ち働いている。おれは、一瞬その割烹着をずいぶんなつかしいもののように見た。祝儀や不祝儀を問わず、割烹着はいつも〝取りこみ〟のしるしだった。割烹着は、賑やかで、臆面がなかった。田島もきっと、そう思っていただろう。

「ま、一杯やれよ」

Aがコップをさしだした。Aの隣にS、Sの隣にOがいた。Sは木材関係の業界新聞の記者をしていた。Oは家業を継いで、中華料理店をいとなんでいた。住んでいる場所はバラバラだったが、市町村の合併で、中学校から一緒になった仲間だった。

「さきに焼香だろ。ついでに田島にも会ってやれよ」

Sがいうより先に、おれは祭壇の前に坐っていた。おれたち四人と、田島をまじえた五人は、中学のとき天文部に入っていた。新設だったためか、中学校にはめずらしく、屋上に天文台のドームがあってそこに望遠鏡が設置されていた。週三回の決められた時間に、そこから夜空をみつづけたものだ。田島の遺影を見上げると、履歴書に貼りつけるような写真になっていた。葬儀用の長い線香をみて、おれは易者のつかう筮竹のようだと思った。ロウソクの火をそれに点け、香炉に立てる。それからリンをたたき、手を合わせた。忘れないうちに香典袋を祭壇の上においた。立ちあがってふりむくと、思いがけず三人がおれをみていた。妙に静かな顔をしていて、さっきの酒の入った声とは別人じみていた。

「こっちだろ」

青と白の天幕が張りめぐらされた祭壇の、スソのほうにおれは廻って指さした。祭壇は三段の簡易なものだった。棺は白い布におおわれ、顔の部分が覗けるようになっている。布をどけ、紫の細い房のついた扉をあけると、包帯でグルグル巻きにされた田島の顔があった。鼻も口もわからない。片目だけがうすく開いていた。瞼が赤黒く腫れあがっていて、あの端正な田島のおもかげはない。が、こんなものだろう。べつにおれは期待していたわけではなかった。田島は物体の静けさにしっかり捉えられて、そこに至るまでの苦痛を無意味にしていたが、もしいまも苦痛があって身動きできないのだとしたらずいぶん可哀想だという気がした。田島は伏目がちの、いい奴だった。

「なんだか、田島とは思えないだろう」

「ああ」

「事故死だからな」

Oがいった。Oは肥満していて、喪服の前ボタンをひとつ外していた。

三人が車座になったところに、寿司の皿と刺身の皿があった。手伝いの婦人たちがもってきたらしい漬物も、小鉢に盛られている。

田島の女房に挨拶したかったが、姿がみえない。

「奥さんは？」

「いま、自宅へ行っているよ。ほら、親類がきてるから。田島のおばあさんも田舎から出てきているらしいぞ。31号棟の403だ」

「あいつも、ここへ引っ越してきてまだ二ヶ月だからな。近所づきあいもほとんどないだろう」

Sはそういって、ここにいる人は田島の会社の人のほかはよくわからないと低い声でいった。

おれは一旦すわったが、また立ち上がって、手伝いの婦人たちのいる方へ行った。通夜のお清めの席はもう解散していたから、そのかたづけで流しに立っている人がいた。ガス台も流しも真新しく、この公団ができたばかりであるのを感じさせた。おれは、便所に行きたかった。場所を尋ねると、割烹着のまま後ろ姿をみせていた年の行った女が、髪をきっちり固めた後ろ姿をこくりとも動かさずに、右へ行ったところ、といった。おれはうなずいて、三歩いくと矢印があって在りかが知れた。女の脇をぬけるときにのぞくと、洗っていると思っていた女は何も洗っていなくて、手を揉みながら水を流しているだけなのだった。

便所は電気が消えていた。スイッチはすぐにみつかったので点けた。が、指先がすべってまた消してしまった。舌打ちをして、おれはスイッチをおしたが、こんどは点かない。最初に点けたときに接触がおかしくなってしまったのか。こんなおかしなことが、と思いながら何回押しても駄目だった。仕方なく、暗いままにおれは便所に入った。半坪ほどの空間の中央に、踞みこむ便器が見えた。夜目にも、外の灯りを受けて、白さだけはわかった。おれは放尿し、腰を振ってふと前を見ると、男の後ろ姿があった。一瞬誰だろうと思ったが男も立小便しているのだった。団地の建物が先細りに視界の左につづいていて、水銀灯のあかりが脇の道に間隔をおいてたっている。おれの視界の正面は芝生に三角錐の形をした木が、道に平行して植えられていた。男は、おれの正面で立小便をしているわけなのだ。霧が低く這ってきて、男の背中をかすめた。便所の水を流す音をたてても、男は動く気配を見せなかった。おれは、仲間のところにもどり、酒をのみはじめた。

「あいつも、しかし不器用な男だったな」

Aがいった。もう、酔いが回っている。

「そりゃあ、そうだ。早死にするくらいだから」

Sがいった。

「いや、そうじゃなくてよ。ほら、体育の授業のときによぉ、飛び上がった拍子に、あいつ屁をしたろ。朝いちばんの授業で、女子生徒も一緒にいるとき」

「なんだそれは」

Oがいった。

「おれのことか」

「おまえにもあったのか、そんなヘマが」

「いや、おれはマラソンのときに小便をちびっただけだ、あの気の遠くなるような二十キロマラソン！」

「顔面蒼白（そうはく）であせっていたもんね、田島の奴。でも、女子ってやさしいね、誰も笑わなかったものね」

「気がつかなかっただけじゃないか」

Sがいった。

「いや、みんなたしかにきいたよ。あの屁の音を。だけど、笑うとなんかそのあとうまくいかなくなるってことを瞬間に思ったんだろう、女子はみんな。田島はいい男だったしな」

「そういえばよぉ、あいつダブダブのトレパンをはいていただろあのとき。かみしもみたいなやつ」

Sがいった。

「嘘をつけ。そんなのあるわけないだろ」

Oがいった。

「ほんとうだよ。何でも、あいつのおふくろがスソをなおしてくれなかったらしいよ。ほら病気がちでさ、あのおふくろ」

「それでやむなく自分でスソあげして、それをはいてとんだりはねたりしているうちに、そこが破れてかみしもになったわけさ」

「おまえは本当に馬鹿だな。あれはかみしもではないよ。長袴(ながばかま)っていうんだよ」

Aがいった。

「ながばかま？」

Sが素っ頓狂(すっとんきょう)な声を出した。

「そうだよ。刃傷松の廊下で、かわいそうな殿様がはいていたやつさ」

おれは、田島の女房がまだこないかと気になっていた。会社関係の人とやらは先刻たち去って、近所の者も誰もいなくなっていた。集会所にはおれたちしかいなくなっていた。田島の自宅にどれくらいの親類がきているのだろう。親類といっても、田島の祖母のほかに、どんな「親類」がきているのか。まるで田島は自宅に寝かされていて、この集会所の棺のなかには田島でないものが寝ているようだ。それくらい田島を囲む親類がいない。けっきょくおれたち四人が酒を飲み、線香の火が絶えないように注意している。バッサリと抜け落ちた髪の毛のように、いなくなってみると、通夜の客たちは、妙な生々しさを届けてくる。

「おや、こんなところになめくじがいるぞ」

「なめくじ?」

Ａの指さした後ろの壁をＳがのぞきこんだ。靴脱ぎ場の近くの壁をなめくじが這い登っている。

「しょうがねえな」

Ｓはふところから会葬御礼のお清めの塩をとり出して、指で塩をつまんで二度三度ふりかけた。すると確かになめくじは一旦、進行を止めた。動き始めるのかとみているとそのまま形が崩れた。

「おい、やめろよ。田島が生まれかわっているのかもしれないぜ」

Ｏが呑気(のんき)な口調でいった。

「なめくじになるならおまえだよ、Ｏ。酔払いはなめくじだ」

Ｓがからかっていった。

「なめくじつかった料理もあるよな。え、Ｏ」

Ａがいうと０は軽くうなずいた。あまりよくきいていないふうだった。おれは、田島がいま雪のなかを歩いているのかと思った。本隊からはぐれて、雪の吹きつける山野をさまよっている一兵卒の田島だ。

「いつだったかな」

Oが突然うたうようにいった。

「田島とデパートに行く用があってよ」

「イセタンか」

Sがいった。

「いや、いちばん新しいフロムだ。用があるというより、ぶらつきに行った。中学のときだけどね。なにを買おうとしたのか忘れてしまったけどな、おれはちゃんと親からくすねた一万円札を札入れから出して金はらったんだよ。べつに格好つけるわけじゃないけどな。あいつ、いま思うと金もなくて買いたくもなかったんだろうけどさ、ガマ口ってあるだろ、ほらパチンと口をしめるやつ。あれを出してさ、金を出そうとしたんだよ。そしたら札が一枚もなくてさ、かわいい女店員に声なんかかけられてどぎまぎしていて、落っことしちゃったんだよな、そのガマ口。そしたら五円玉と十円玉と、一円玉もまざっていたかな、バラバラ転がっちゃってさ、フロムのすべすべした床に散っちゃって拾うのに苦労したよ。まったくドジなんだよな。真っ赤になってしばらく立ちつくしていたよ。拾えないくらい小心なんだよな。それでおれが拾ってやったんだ」

「ふーん。田島らしいな」

　Aがいった。

「隠れた恥ならよ、おれがなんとか隠してやったんだけどよ。ああ、おおっぴらじゃ、隠しようがないよな」

　Oが嘆いていった。

「ばか、隠れた恥なんていうのは、恥とはいわねえんだよ。みんながみてるから、恥なんだろ」

　Sが説教していった。

「ああ、そうか」

　Oは素直にそういってうなずいたあと、いくらか神妙な顔つきで、

「でもな、別の日にまた一緒にフロム行ってさ。おれが文房具売場で万引きしたんだよ。そしたらその日にかぎって後ろからおれの手首をつかんだ奴がいてさ、ドキッとしてよ。そのまま硬直よ。でも、いつまでもつかんだままでいるのでへんだと思ったら、おれの手首をつかむ手がきれいで幼くてすべすべしているの、ふりむいたら田島だった」

「だって、一緒にいたんじゃなかったのか」

Aがいった。

「そうだけど、途中から神隠しのようにいなくなって、あいつそういうところあっただろ。どこを見回してもいなくて、そのうちおれが万引きに没頭していたらそのざまだ。いたずらっぽく笑っていたけど気味わるかった」

「なるほどね」

Aが感心したようにいって、

「気味わるいというか、へんに真面目なところがあったぞ、おまえと違って」

とOを指さしたあと、

「毎週の天文部の活動日にはちゃんときてたし、いつまでもあきもせず望遠鏡から星をながめていたものな。どうかするとくもり空でもみてた。なぜ、ときくと、この瞬間にもここまで届こうとしている星の光があるとかいってさ」

「そう真面目だった」

Sがいった。

「そういうの、真面目っていうのかよ」

Oが不服そうにいった。

「おまえとは違う。おまえは自分の小さな望遠鏡で、屋上から近くのアパートの電気のついたばかりの女の子の部屋をのぞいておった」

「それがたのしみで入ったようなもんだよ。だいたい星だのなんだのは興味なかった」

「Oのそういうところが田島は好きだったんだぜ」

おれはOにいった。

「アパートをのぞくおまえの後ろから、田島はおまえをみていたかもしれないぜ」

「どういうことだ？」

「いや、どうということはないが」

おれはいった。

「ともかくあの天文台の望遠鏡でよく空を見ていたよ。性懲りもなくという感じでな。光はぶつかって反射してまた反射するとかなんとか、むちゃくちゃいってた」

Oは情ないという顔つきでいった。

「でもなあ、いずれにしてもあんなにしんぼう強くのぞけるもんじゃねえぞ」

Aがまた感心したようにいった。

「まるで、望遠鏡じゃなくて、万華鏡でものぞくみたいだったよ」

集会所の窓の外から、そのとき女の子の声がした。それも小学校六年生くらいのはっきりした声で、「只今下校時刻がすぎました」といっている。

「なんだ、あれは」

とおれはいった。

Aは、

「なんのこと」

きこえないらしかった。

「あの声、わからないのか」

といっても、わからない、なにもきこえないとAはいった。

おれだけにきこえるのなら、幻聴だろうかと思い、それでも立ち上がって窓をあけた。外の霧はますますひどくなっている。もう時間もおそくてここへ寝るしかないが、それでも朝まで霧はのこるだろう。そういえば駅をおりたとき、駅の係員の控室のラジオが関東地方全域で霧が発生していると告げていた。女の子の「只今下校時刻がすぎました」という声がひびいている。

「それでよお」

とまたOが酒をひとすすりしたあと、

「おまえら、追いかけられたことって、あるか?」

といきなりきいてきた。とそのときAがおっ、と声をあげ祭壇を指さした。ふり返ってみると、線香が真ん中から弾(はじ)けるように折れるところだった。おれはそこへ行き、新しい長い線香をともした。

「いつでも仕事に追いかけられているよ」

そういったSの頭は、よくみるとフケでいっぱいだ。粉でもまぶしたように、頭髪も黒い服の上もフケでいっぱいだった。

「田島はな、トラックに追いかけられたんだよ」

「ダンプか？」

Aがきくのを、

「いや、たしか〝何でも百円〟のトラックだといっていた」

「何でも百円？」

「そうだよ。八百屋の行商みたいに、箸(はし)とか食器とか網とかいろいろ積んで、売り歩く小型トラックだ」

「ああ、あれか。わかるわかる」

Aは目をとろんとさせていた。

「まあだいたいが百円均一で売り歩くわけだよ。そのへんのちょっとした道の脇に車を止めてさ」

「古い話だろう」

Sがいった。

「そう、もう二十年も前の話だ」

「最近、そういうのをみかけないものな」

「どういうのかな、小学生の田島がその〝何でも百円〟のトラックに追いかけられた。真夏の暑い盛りでよ。みんな昼寝どきのころだといっていた。他に誰も客がいなくて、ひとりでそのひろげられた〝何でも百円〟をみていたら急にトラックが動きだした。それでどこへ逃げても田島を追いかけてきたんだと。それがしつこくて、売り物の風鈴をいっぱいぶら下げて、チリンチリンいわせながら追いかけてきた」

「なにか、わるいことしたのか。万引きとかなにかを」

「いや、なにも」

「ふーん」

AとSが一緒にうなった。

「夢じゃないっていったよ。しかも小型トラックの運転手の顔はよく見えなかった」

「いたずら好きな大人がいたものだな」

Aが眠そうにいって、Sがうなずいた。二人ともほんとうに眠そうだった。

「そのことを、さめざめと泣いて田島はおれに教えてくれたことがあった」

Oは急に思いがこみあげてきたようにいった。

「ついてないな」

Sが欠伸(あくび)をしながらいった。

「それでもってこんどの事故か」

Aがいった。

「なんの事故だっけ?」

とSの声。

「だから、この団地に入居できた祝いで会社の連中に祝ってもらったかえりに酔ってホームから落ちたんだよ。何回いわせるんだよ」

Aはそういって、腕枕をして横になった。SもAもやがて眠ってしまった。Oもはじめは壁にもたれていたが、突然、石が動くみたいにゴロッと横になった。

みんな寝ついてしまった。ロウソクの炎がゆらゆら揺れて、長い線香の煙が、低い天井に這いあがり逆流して部屋を満していた。もう、物音ひとつしなかった。三人の級友は、ひとりは腕枕のまま、ひとりは壁際で、ひとりはうつぶせになって眠っていた。うつぶせになった男の足が祭壇に向いていたので、おれは手を伸ばし、四十五度そいつを横にした。女房のことをふと思った。しゃもじを握ったまま女房は眠っている。やれやれ、とおれは思った。眠気はまったくなかった。おれは、もう千年ものあいだこんな静けさの底に坐りこんできたような気がした。窓の外は霧がいよいよたちこめ、時計をみると、午前二時だった。月が出ていれば川は蛇の腹のように白く水を光らせているころだ。

おれはさ、塗り絵の下手な子供だったんだぜ。何回ぬっても枠からはみ出しちゃうんだ。いつかきいた田島の声をおれは思い出した。それにしても、田島の女房はもどらない。田島の手を引いてどこかへ行ってしまったかのようだ。

Aが腕枕を落としてうつぶせになった。掌（てのひら）がこっち向きになった。市民とは握手できないよ、といつもうそぶいているAの掌は、心なしかイボがいっぱいできている気がした。Sの手の爪は長くてそこに土がはいっている。OはOで、ツルツルとまるい手をしている。おれは声もなく笑った。このとき、部屋の空気が大きく動いた気がした。祭壇に眼をやるとロウソクの火が揺らぎ、線香がまた途中から折れて落ちた。田島の遺影の眼が、まっすぐにおれを見ていた。

解説

佐久間文子

河林満（一九五〇—二〇〇八）の『渇水』の単行本が出版されたのは一九九〇年八月。いわゆるバブルの崩壊が始まるのが翌一九九一年ごろからだから、その当時はまだ、膨らんだ風船がはじけるように、この狂乱経済が終わるとは、ほとんどの人が想像できていなかった。

表題作の「渇水」は、一九九〇年の文學界新人賞受賞作で、「文學界」に掲載された選考委員の宮本輝の選評によれば、「満場一致」で決まった。同作は芥川賞の候補にもなっている。

炎暑の夏、地方自治体の水道局職員が、料金未納の家庭の停水を執行し、その後に痛ましい事件が起きるまでの時間を「渇水」は描いている。

一般に、電気ガス水道の料金を滞納した場合、水道が最後に停止されると言われている。停止執行までの猶予時間の長さは、水を止めることが直接、命にかかわるという判断からだろう。

それでも水が止められることはある。何度促しても未納分を支払わない場合は執行される。「渇水」の主人公である市水道部の岩切(いわきり)は、八月も終わりに近い一日に、十三軒の滞納家庭の水を止めて回る。

文學界新人賞の受賞当時、河林は立川(たちかわ)市の職員だった。長年、水道局に勤務しており、停水の手順や、現場で浴びせられる罵声(ばせい)といった細部にまで、なるほどと思わせるリアリティがある。

「渇水」は、地方公務員である河林自身の実体験を小説にしたものと受け止められた。その通りではあるが、河林自身がのちに明かしたように、事実と小説の関係は、それほど単純でもない。

河林満は福島県いわき市で生まれた。彼が生まれてまもなく、一家は東京都昭島(あきしま)市に転居する。四歳のとき、いわきに帰省中の母が心臓リウマチのため急逝する。この突然の母の死は、河林の小説の核となった。

定時制高校に通い、郵便局員などいくつかの職業を経たのち、高校卒業後に立川市水道部の臨時職員に採用される。水道部にはあしかけ十四年在籍し、検針係や料金係の後、滞納整理係として停水執行の仕事に携わった。

希望して異動した図書館で、河林は一冊の本に出合う。マルグリット・デュラスが息子の友人を聞き手に口述したエッセイ集『愛と死、そして生活』（田中倫郎訳、河出書房新社）で、偶然開いたページの、見出しに目が留まった。

見出しには「水道を止めた男」とあった。この中でデュラスは、フランス東部の村で起きた事件について語っている。水道局の職員が、廃駅に住む貧しい一家のもとに水道を停止しに来る。水が止まった日の夜、夫婦（妻には知能の遅れがある）は幼子二人を連れてT・G・Vのレールに横たわりに行く。邦訳では八ページほどの短い文章である。

「水道を止めた男……それはわたしではないかと、思った」（河林「社会と個人の風景から」＝「月刊自治研」一九九六年七月号）。

十八歳から小説を書き始めていた河林だが、水道部で働いていたあいだ、自身の体験を書くという考えは浮かばなかった。公務員としての自制もおそらくあっただろう。

水道の現場を離れ、偶然、デュラスの文章に触れたことで、停水執行について書くアイディアが生まれた。

『黒い水／穀雨　河林満作品集』（インパクト出版会）の編者で、河林の友人でもあった文芸評論家の川村湊は、解説で「（デュラスの）エッセイからヒントを貰った」と書いている。

ヒントを貰った、という以上に、河林は、第三者から見た自分自身の姿をデュラスの文章の中に見たのではないかと思う。貧しく、他者のサポートが必要な一家を死にいたらしめる冷酷な時間の流れに、「水道を止めた男」はたしかに存在していた。河林が初めに書いたのは「ある執行」という、水道を止められる家の主の視点からの作品で、「ある執行」は自治労文芸賞を受賞する。

「自分が世に出るにはこれを書くしかない」という思いから、同じテーマを全面的に書き直したのが「渇水」である。

「一人称で書き始め、難渋し、こんどは三人称で書いた。動物でも植物でもなく、寡黙でありながらマグマのように内に激しさを秘めた男、という主人公のイメージが、岩切という名前をもつ主人公となった」（前掲「社会と個人の風景から」）。

文芸誌の新人賞への投稿を続けていた河林は、この作品でようやく、作家としての第一歩を踏み出すことができた。

『渇水』は、河林満の生前、刊行された唯一の単行本である。

彼は死を思い、水にとらわれた作家だった。

本作に収められた「渇水」以外の作品も、すべて死の風景が描かれている。「海辺のひかり」は若くして亡くなった母の墓の改葬を、「千年の通夜」はクラスメートの通夜の風景を描いている。

「海辺のひかり」のクライマックスは、土葬された母の棺が掘り返される場面だ。棺のなかいっぱいに黒い水が溜まっており、「髑髏が静まりかえってポツンと浮いていた」。思慕し続けた母との再会は衝撃的な形になるが、「海が近いからぁ、水が湧くんだなぁ」――従妹の夫の言葉は状況に不似合いなのどかさで、「黒い水」は不吉な表象というより生命の循環を感じさせる。

一九九三年、河林は「穀雨」で再び芥川賞候補となるが、受賞は逃す。選考委員の大庭みな子は「古風なようだが、あっという間に古びる新しそうに見える風俗に彩られた作品群の中ではむしろみずみずしく、命の手ざわりがある」と評した。

一九九八年に市役所を退職、警備員の仕事などをしながら作品を書き続けるが、やがて大手文芸誌で名前を見ることもなくなっていった。

亡くなったのは二〇〇八年、死因は脳出血で、まだ五十七歳だった。

しのぶ会を報じる記事で、読売新聞の文芸記者鵜飼哲夫は「文芸誌の編集者の姿はなかった」と憤りを込めて書いている。

二〇二〇年になって、その鵜飼が編集した『芥川賞候補傑作選 平成編①1989―1995』(春陽堂書店)が出た。「渇水」は、巻頭に収録されている。

続けて二〇二一年には『黒い水/穀雨 河林満作品集』が刊行された。

このたび、白石和彌(しらいしかずや)プロデュースで映画化も決まり、今回の文庫化で、初めて河林作品と向き合う読者もいるだろう。

作家の死ののち、時をへて作品が蘇り、息を吹き返すことがある。「古風」と言われた河林の小説をいま読むと、今日的なテーマだと感じられることにおどろく。貧困が社会問題化し、見過ごせない段階まで来ていることも大きい。

作品の発表当時も苦しんで、差し伸べられる手を必要とする人はいたはずなのに、多くの人にはそれが見えなかった。貧困が拡大してようやく、自分たちがいま生きている社会が描かれていると実感できるようになったということだろう。

本書は、一九九〇年八月に文藝春秋から刊行された単行本から、「渇水」「海辺のひかり」「千年の通夜」を収録し文庫化したものです。

本文中には、盲人、クロンボ、混血、痴呆といった現代の人権擁護の見地に照らして、使うべきではない語句があります。しかしながら、著者が故人であること、作品自体の文学性、当時の時代背景や社会通念を考慮し、著作権者と協議の上最低限の改変にとどめました。

（編集部）

渇水

河林 満

令和５年　４月25日　初版発行
令和５年　10月15日　再版発行

発行者●山下直久

発行●株式会社KADOKAWA
〒102-8177　東京都千代田区富士見2-13-3
電話　0570-002-301（ナビダイヤル）

角川文庫 23095

印刷所●株式会社KADOKAWA
製本所●株式会社KADOKAWA

表紙画●和田三造

●お問い合わせ
https://www.kadokawa.co.jp/（「お問い合わせ」へお進みください）
※内容によっては、お答えできない場合があります。
※サポートは日本国内のみとさせていただきます。
※Japanese text only

ISBN 978-4-04-111992-1　C0193

◆◇◇

角川文庫発刊に際して

角川源義

第二次世界大戦の敗北は、軍事力の敗北であった以上に、私たちの若い文化力の敗退であった。私たちの文化が戦争に対して如何に無力であり、単なるあだ花に過ぎなかったかを、私たちは身を以て体験し痛感した。西洋近代文化の摂取にとって、明治以後八十年の歳月は決して短かすぎたとは言えない。にもかかわらず、近代文化の伝統を確立し、自由な批判と柔軟な良識に富む文化層として自らを形成することに私たちは失敗して来た。そしてこれは、各層への文化の普及滲透を任務とする出版人の責任でもあった。

一九四五年以来、私たちは再び振出しに戻り、第一歩から踏み出すことを余儀なくされた。これは大きな不幸ではあるが、反面、これまでの混沌・未熟・歪曲の中にあった我が国の文化に秩序と確たる基礎を齎らすためには絶好の機会でもある。角川書店は、このような祖国の文化的危機にあたり、微力をも顧みず再建の礎石たるべき抱負と決意とをもって出発したが、ここに創立以来の念願を果すべく角川文庫を発刊する。これまで刊行されたあらゆる全集叢書文庫類の長所と短所とを検討し、古今東西の不朽の典籍を、良心的編集のもとに、廉価に、そして書架にふさわしい美本として、多くのひとびとに提供しようとする。しかし私たちは徒らに百科全書的な知識のジレッタントを作ることを目的とせず、あくまで祖国の文化に秩序と再建への道を示し、この文庫を角川書店の栄ある事業として、今後永久に継続発展せしめ、学芸と教養との殿堂として大成せんことを期したい。多くの読書子の愛情ある忠言と支持とによって、この希望と抱負とを完遂せしめられんことを願う。

一九四九年五月三日

角川文庫ベストセラー

河童・戯作三昧　芥川龍之介

芥川が自ら命を絶った年に発表され、痛烈な自虐と人間社会への風刺である「河童」、江戸の戯作者に自己を投影した「戯作三昧」の表題作他、「或日の大石内蔵之助」「開化の殺人」など著名作品計10編を収録。

杜子春　芥川龍之介

人間らしさを問う「杜子春」、梅毒に冒された15歳の南京の娼婦を描く「南京の基督」、姉妹と従兄の三角関係を叙情とともに描く「秋」他「黒衣聖母」「或敵打の話」などの作品計17編を収録。

トロッコ・一塊の土　芥川龍之介

写実の奥を描いたと激賞される「トロッコ」、一つの事件に対する認識の違い、真実の危うさを冷徹な眼差しで綴った「報恩記」、農民小説「一塊の土」ほか芥川文学の転機と言われる中期の名作21篇を収録。

或阿呆の一生・侏儒の言葉　芥川龍之介

時代を先取りした「見えすぎる目」がもたらした悲劇。自らの末期を意識した凄絶な心象が描かれた遺稿「歯車」「或阿呆の一生」、最後の評論「西方の人」、箴言集「侏儒の言葉」ほか最晩年の作品を収録。

あひる　今村夏子

わが家にあひるがやってきた。名前は「のりたま」。近所の子供たちの人気者になるが、体調を崩し、動物病院に運ばれていってしまう。2週間後、帰ってきたのりたまはなぜか以前よりも小さくなっていて――。

角川文庫ベストセラー

それから 夏目漱石

友人の平岡に譲ったかつての恋人、三千代への、長井代助の愛は深まる一方だった。そして平岡夫妻に亀裂が生じていることを知る。道徳的批判を超え個人主義的正義に行動する知識人を描いた前期三部作の第2作。

門 夏目漱石

かつての親友の妻とひっそり暮らす宗助。他人の犠牲の上に勝利した愛は、罪の苦しみに変わっていた。宗助は禅寺の山門をたたき、安心と悟りを得ようとするが。求道者としての漱石の面目を示す前期三部作終曲。

こころ 夏目漱石

遺書には、先生の過去が綴られていた。のちに妻とする下宿先のお嬢さんをめぐる、親友Kとの秘密だった。死に至る過程と、エゴイズム、世代意識を扱った、後期三部作の終曲にして、漱石文学の絶頂をなす作品。

明暗 夏目漱石

幸せな新婚生活を送っているかに見える津田とお延。だが、津田の元婚約者の存在が夫婦の生活に影を落としはじめ、漠然とした不安を抱き――。複雑な人間模様を克明に描く、漱石の絶筆にして未完の大作。

文鳥・夢十夜・永日小品 夏目漱石

夢に現れた不思議な出来事を綴る「夢十夜」、鈴木三重吉に飼うことを勧められる「文鳥」など表題作他、留学中のロンドンから正岡子規に宛てた「倫敦消息」や、「京につける夕」「自転車日記」の計6編収録。

角川文庫ベストセラー

どうで死ぬ身の一踊り　西村賢太

不遇に散った大正期の私小説家・藤澤清造。その〝殁後弟子〟を目指し、不屈で強靭な意志を持って生きる男の魂の彷徨。現在に至るも極端な好悪、明確な賞賛と顰蹙を呼び続ける第一創作集、三度目の復刊！

東京百景　又吉直樹

十九歳の僕は東京に出て来たことを後悔していた――。夢を抱え上京したものの全く歯が立たず、傷つき、あきらめて、失ったあの頃。振り返れば大切な日々を綴った感動のエッセイ集が新作を加え、ついに文庫化！

不道徳教育講座　三島由紀夫

大いにウソをつくべし、弱い者をいじめるべし、痴漢を歓迎すべし等々、世の良識家たちの度肝を抜く不道徳のススメ。西鶴の『本朝二十不孝』に倣い、逆説的レトリックで展開するエッセイ集、現代倫理のパロディ。

夏子の冒険　三島由紀夫

裕福な家で奔放に育った夏子は、自分に群らがる男たちに興味が持てず、神に仕えた方がいい、と函館の修道院入りを決める。ところが函館へ向かう途中、情熱的な瞳の一人の青年と巡り会う。長編ロマンス！

にっぽん製　三島由紀夫

ファッションデザイナーとしての成功を夢見る春原美子は、洋行の帰途、柔道選手の栗原正から熱烈なアプローチを受ける。が、美子にはパトロンがいた。古い日本と新しい日本のせめぎあいを描く初文庫化。

角川文庫ベストセラー